말
꽃

말꽃

당신의 말이
꽃이 되는 순간

김재원 지음

말을 건넬 때마다
마음까지 함께 건네고 싶었던
모든 순간을 위해.

말에는
향이 있습니다

누군가의 입술에서 피어난 한마디 말이 마음에 깊이 스머들어 짙은 향기로 남을 때, 그 향은 제법 오래가 기도 합니다. 어떤 말은 상처를 덮고, 어떤 말은 지친 마음을 도닥여줍니다. 말 한 줄이 때로는 삶의 방향을 바꾸기도 할 때 말의 무게감을 느낍니다.

저는 오랫동안 말 전하는 일을 해왔습니다. 보이지 않 는 전파를 타고 같은 시간에 전해지는 목소리, 영상 너머로 닿는 한 문장의 울림으로 사람들은 웃고, 울고, 다시 일어선다는 것을 깨달았습니다. 말은 단순한 표 현이 아니라, 마음과 마음 위에 놓는 다리입니다.

어떤 말이 사람의 마음을 위로할 수 있을까요?
어떤 말이 세상을 부드럽게 바꿀 수 있을까요?
제 방송 인생은 그 해답을 찾아가는 여정이었습니다.

임민식 선생님은 오랫동안 학교 폭력 예방을 위해 애 쓰셨습니다. '왜 전국의 학교 종소리는 다 똑같아야 할 까?'라는 단순한 질문으로 종소리를 바꿔보기로 했습 니다. 작곡가가 만든 멜로디 위에 아이들이 쓴 가사로 노래를 불러, 20초 종소리가 탄생했습니다.

"우리 모두 너를 도와줄게.
너도, 나도 함께 힘을 모아.
장난이라 해도, 싫으면 그만해.
외쳐보자, 학폭은 안 돼."

매일 울려 퍼지는 이 노래는 단순한 종소리가 아니었 습니다. 반복되는 짧은 가사가 학교의 공기를 바꾸었 습니다. 피해 학생은 위로받았고, 잠재적 가해 학생은 자신을 돌아봤습니다. 신입생은 불과 2주 만에 따라 불렀습니다. 학교 폭력은 눈에 띄게 줄었습니다.

진심 담긴 말 한마디는 자신을 다잡게 하고, 타인을 향한 마음을 일깨웁니다. 이 책은 그런 믿음의 기록이 자 마음의 노래입니다. 조동화 시인의 말처럼 나 하나

꽃피어 풀밭이 달라지겠느냐고 말하지 마십시오. 당신이 꽃피고 저도 꽃피면 풀밭이 온통 꽃밭이 될 겁니다. 당신이 물들고, 저도 물들면 온 산이 단풍으로 물들 것입니다.

이 책의 한 장면, 한 문장이 당신 마음에 작은 꽃 한 송이로 피어나길 바랍니다. 그 꽃 향이 말 향이 되어, 또다른 누군가의 하루로 건너가길 바랍니다.

2026년 1월

김재원

2장

말못

내 말이 누군가의 가슴에
못으로 박히지 않기를

3장　말씨

내 말씨와 태도가
말의 격조를 결정하므로

4장　말묵

말을 멈추면 마음이 들리므로

1장

말꽃

내 말이 누군가의 마음에
꽃으로 피어나기를

말꽃 한 송이

당신의 마당에
꽃을 심진 못해도
당신의 마음에
말꽃 한 송이 심어드립니다.

말꽃은 세 번 핍니다

동백꽃은 세 번 핍니다.
나무 위에서 한 번 피고
땅에 떨어져 한 번 더 피고
집에 돌아와 생각하면
마음에서 한 번 더 핍니다.

말꽃도 세 번 핍니다.
내 입에서 한 번 피고
그분의 귓가에서 한 번 더 피고
집에 가서 떠올리면
마음에서 한 번 더 핍니다.

내 마음에 핀 꽃과 그분 마음에 핀 꽃이
같은 향기를 내었으면 좋겠습니다.

말을
조심해야 하는 이유

몸과 마음이 얼마나 끈끈한지 몰라요.

말 한마디가 마음에 준 상처 때문에 몸도 아파요.

한 마음에
피어나는 말꽃

한 사람의 입에서 나온 말은
백 사람의 귀로 흘러 들어갑니다.
하지만 단 한 사람의 마음에만 남아도
그 말은 할 바를 다한 거예요.

우리,
한 사람만이라도 위로하고 살아요.
꽃을 오직 한 사람에게 건네듯이.

말실수의 대가

"그렇게 말해도 되는 줄 알았어요."
말실수한 사람들이 흔히 하는 변명입니다.
하지만 그런 말을 들어도 되는 사람은 없습니다.
그런 말은 그냥 말 무덤에 묻어버려야 했는데,
나도 모르는 사이에 흘리고 말았습니다.
그 말이 그 사람 마음에 묻혀버렸습니다.

말을 깨끗한 샘에서
길어 올리십시오

한 수도승이 제자에게 말했습니다.

"우리가 하는 말은 마음이라는 창을 통해 나오는 빛과 같단다. 그 유리창에 먼지가 잔뜩 끼어 있다면, 빛도 흐릿하고 뿌옇게 나오겠지. 말도 마찬가지란다."

제자는 여전히 고개를 갸우뚱했습니다. 그러자 스승이 맑은 물 한 병을 가져와 그 안에 흙을 조금 넣었습니다.

"이 물이 네 마음이라면 평소엔 이렇게 맑고 고요할 거야. 물을 따르면 맑은 물만 먼저 나오고, 병을 흔들면 가라앉았던 흙이 떠올라 흙탕물이 되겠지. 그때 물을 따르면 흙도 함께 따라 나와. 오염된 생각에서 나오는 말은 더 이상 맑은 말이 아니지."

우리는 종종 자기 생각이 옳다고 믿습니다. 하지만

그 생각이 이미 고집과 두려움, 욕망, 자만심으로 오염되어 있다면 그 마음에서 길어 올린 말은 과장되고, 왜곡되기 마련입니다.

심지어 마음이 흔들릴 때는 더욱 그렇습니다. 환경이 내 마음을 흔든다면, 말을 아껴야 할 때입니다.

먼저 묻겠습니다

"괜찮으세요?"

이 질문을 받는 대부분의 사람은 괜찮지 않습니다.

괜찮은지 묻기 전에 이렇게 말해보세요.

"요즘 진짜 많이 힘드시죠?"

말꽃이 되는 말

말은 공기로 흩어집니다.
손으로는 잡을 수 없는 말이
마음에는 자리를 잡습니다.

어느 마음에서는 말꽃으로 피고
어느 마음에서는 말못으로 박힙니다.

내 말이 당신의 마음에서
꽃으로 피어나기를 오늘도 조용히 빕니다.

말꽃을 피우는 아침

매일 아침, 한 송이 꽃을 피우기 위해
새벽길을 걸어갑니다.

제발, 오늘도 한 송이만 피우게 하소서.
간절히 기도합니다.

어떤 날은 목련이 피고,
어떤 날은 해바라기가 핍니다.
누군가는 한 다발을 받고,
누군가는 한 송이만 받습니다.

그렇게 한 송이 꽃을 피우기 위해
밭을 갈 듯 마음을 비우고,
물을 주듯 책을 읽습니다.

뿌리를 내리고,
줄기를 세우고,
잎을 펼치고,
위로와 배려의 향기를 입혀
한 송이 말꽃을 피웁니다.

제가 피운 한마디 말꽃은
수많은 시청자의 마음속에
백만 송이 장미로 다시 피어납니다.

말꽃이 웃음꽃이 되고,
그들의 마음에 남은 말이
또 다른 꽃이 됩니다.

꽃은, 누구에게도 같은 꽃이 아니었습니다.

말 한마디의 무게

어느 날, 두 사람이 정육점에 고기를 사러 왔습니다. 그중 한 사람이 무례하게 말했습니다.

"어이, 박씨. 고기 한 근 줘봐. 좋은 거로 내봐."

다른 한 사람은 정중하게 말했습니다.

"박 사장님, 좋은 고기 한 근만 주시겠습니까?"

잠시 후, 주인은 두 사람에게 고기를 내주었습니다. 그런데 정중하게 말한 사람의 고기가 더 컸습니다. 무례한 사람이 화를 내며 따졌습니다.

"아니, 왜 내 고기가 더 작아?"

그러자 주인이 웃으며 답했습니다.

"당연하지요. 손님 고기는 '박씨'가 자른 것이고, 저분 고기는 '박 사장님'이 자른 것이니까요."

말 한마디가 고기의 크기를 결정했습니다.

우리가 받는 대접은 대부분 상대의 임의적 선택이
아니라, 내가 보여준 태도와 내가 한 말이 결정합니다.
말하기는 태도입니다.

예민한 사람을 위한 배려

심리학자 헨리 나우웬이 어느 강연에서 질문을 받았습니다.

"선생님의 책에선 늘 차분하고 섬세한 언어를 느낍니다. 일부러 그렇게 조심스럽게 쓰시는 건가요?"

헨리 나우웬이 웃으며 대답했습니다.

"내 언어가 누군가의 마음에 상처로 남지 않길 바라기 때문입니다. 어떤 사람은 거센 말도 참아 넘기지만 어떤 이는 '괜찮아'라는 말에도 마음이 다칩니다."

칼을 잡아도 베이지 않는 사람이 있고, 한낱 종이에도 베이는 사람이 있습니다. 섬세한 언어는 예민한 사람들을 위한 배려입니다.

말의 절제를 배운다는 것

어떤 말을 했을 때 얻는 만족보다
어떤 말을 하지 않았을 때
얻는 쾌감이 더 커졌습니다.

이제야
말을 견제할 수 있게 된 것 같습니다.

설익은 말의 위험

시간은 글을 숙성시킵니다. 글은 시간의 항아리에서 천천히 익어가지만, 말에는 그럴 시간이 없습니다. 말을 숙성시킬 수 있는 것은 오직 생각의 그릇뿐입니다. 생각하고 말한다면 말도 제 맛을 찾아 여물어갑니다.

생각할 틈조차 없다면 말 그릇에서라도 얼른 익혀야 합니다. 설익은 말이 상대방에게 어떤 상처를 남길지 모르기 때문입니다. 화살처럼 달려가는 시간 앞에 사람의 말은 늘 속수무책입니다.

너무 아픈 말은
말이 아니었음을

너무 아픈 말은

말이 아니었다고 생각한다면

그 말을 내뱉은 사람의 잘못이 되겠죠.

괜찮아요.

너무 아파하지 마세요.

당신을 아프게 한

그 말은 말이 아니었으니까요.

혀를 다스리는 일

어느 날, 왕이 하인에게 말했습니다.

"세상에서 가장 좋은 요리를 가져오라."

하인은 서슴없이 '혀' 요리를 내놓았습니다.

잠시 후, 왕이 다시 명했습니다.

"이번엔 세상에서 가장 나쁜 요리를 가져오라."

하인은 이번에도 '혀' 요리를 내놓았습니다.

왕이 이유를 묻자, 하인이 대답했습니다.

"혀는 세상에서 가장 좋은 것도 만들고, 가장 나쁜 것도 만듭니다. 그건 사용하는 사람에게 달려 있습니다."

여러분은
어떤 사람입니까

생각하고도 말하지 않는 사람.

생각하고 말하는 사람.

말하면서 생각하는 사람.

말하고 나서 생각하는 사람.

말하고도 생각하지 않는 사람.

괜찮아요,
그 한마디의 힘

"괜찮아요"라는 짧은 말에는 힘이 있어요.

아무도 그렇게 말해 주지 않았다면

제가 말씀드릴게요.

"정말 괜찮아요. 진짜."

위로의 온기

위로는
지친 마음의 슬픈 숨결을 잠재우는
바람의 온기.

세 겹의 마음

자존감은
무시당하고 과소평가되어도
흔들림 없이 하던 일을 계속하는 힘입니다.

자신감은
비난받고 평판이 나빠져도
불안해하지 않고 조용히 견디는 믿음입니다.

자족감은
지위가 낮아지고 결과가 미흡해도
스스로 최선을 다했음을 알고
만족하는 확신입니다.

빛나지 않아도
비출 수 있습니다

누군가는 내게 시대의 별이 되라고 합니다.

나는 누군가를 비추는 동네 가로등이 좋습니다.

누군가는 내게 장미꽃이 되라고 합니다.

나는 장미를 돋보이게 하는 안개꽃이 좋습니다.

누군가는 내게 리더가 되라고 합니다.

나는 리더를 돕는 조용한 비서가 좋습니다.

누군가는 내게 돈을 많이 벌어 쌓아두라고 합니다.

나는 내가 쓸 만큼만 있으면 좋습니다.

누군가는 내게 조회수를 늘려보라고 합니다.

나는 어설픈 글을 좋아해 주는 한 사람이 좋습니다.

나는 그냥, 내가 생긴 대로,

생각하는 대로 살고 싶습니다.

누군가에게 내 생각을 강요하지 않은 채.

말의 그릇

말에 불안을 담으면
상대방은 두려움을 느낍니다.
말에 모호함을 담으면
상대방은 의심하기 시작합니다.
말에 걱정을 담으면
상대방은 기도하기 시작합니다.
말에 재미를 담으면
상대방은 벽을 허뭅니다.
말에 친절을 담으면
상대방은 마음에 남겨둡니다.
말에 배려를 담으면
상대방은 보답하려고 합니다.
말에 시선을 담으면
상대방은 당신을 바라봅니다.

말은
마음의 그림자입니다

누구나 상대방의 마음에서 무슨 생각이
일어나는지 궁금해하며 대화합니다.
누군가의 마음이 궁금하다면
그 사람의 말로 짐작해 보십시오.
적어도 기분이 어떤지는 금방 알 수 있을 겁니다.
이제 그 기분에 맞춰 대화의 수위를 조율하십시오.
말이 마음 전부를 알려주지는 못해도
윤곽은 보여줍니다.

말은 마음의 그림자입니다.
내가 상대방의 마음이 궁금한 것처럼
상대방도 내 마음이 궁금합니다.
말 한마디로 마음을 보여주세요.

칼 같고
못 같은 말들

말은 손잡이가 없는 칼입니다.
그 칼로 상대를 찌르는 순간,
내 마음에서도 피가 흐릅니다.

말은 망치로 내리치는 못입니다.
그 못을 박을 때마다
내 마음 또한 함께 내리칠 수 있습니다.

아무 말 없이도
전해지는 것

걷고 있는 인도에 공사가 한창입니다.

형광봉을 든 어르신이 공손한 손짓으로

지금 지나가면 된다고 하십니다.

얼른 지나가려고 슬쩍 뛰었더니

다시 천천히 와도 된다고 손짓하십니다.

가까이 가보니 눈, 구릿빛 볼, 입이 환합니다.

그 미소에 저절로 고개 숙여 인사했습니다.

아무 말씀도 안 하셨는데

제법 오래 기분이 좋아

걸으면서 얼른 이 글을 남겼습니다.

말은
마음을 담는 그릇

현자가 제자 둘을 데리고 마을을 여행하고 있었습니다. 길을 걷던 중 거친 말을 퍼붓는 장사꾼을 만났습니다. 제자 '갑'은 불쾌한 표정으로 그 장사꾼을 꾸짖으며 큰소리를 쳤고, 분위기는 순식간에 험악해졌습니다. 제자 '을'은 조용히 고개를 숙이고 작게 웃으며 말했습니다.

"오늘 하루, 무척 고단하셨던 모양입니다."

장사꾼은 잠시 멈칫하더니 이내 말투가 누그러졌습니다.

여행을 마친 뒤, 현자가 제자 '갑'에게 말했습니다.

"너는 말에 분노를 담았고, 을은 말에 온유를 담았다. 같은 상황에서도 말의 그릇이 다르면 그걸 담는 마음도 달라지느니라. 너의 말은 너의 마음을 담아내는 그릇일 뿐이다."

마음은 생각을 담는 그릇이고,
말은 마음을 담는 그릇입니다.
말 그릇의 크기가 마음의 크기입니다.

내 기분을
결정하는 것

상대방이 내게 무슨 말을 했느냐보다
내가 상대방의 말을 어떻게 받았느냐가
나의 기분을 결정합니다.

무례한 사람으로부터
나를 지키는 방법

겸손한 말을 하는 사람과 대화할 때는
그 사람에게 집중하며 배울 것을 찾습니다.

무례한 말을 하는 사람이 말할 때는
나에게 집중하며 상처를 예방합니다.

말이 누군가를
방해하지 않기를

    지질학자들은 사람들이 만들어내는 소음이 지구상에서 가장 큰 잡음이라고 말합니다. 코로나19로 사람들이 활동을 멈췄던 시기, 지구 곳곳의 잡음이 눈에 띄게 줄어들었다고 합니다. 동물들이 도시에 살지 못하는 이유도 인간이 만드는 이 끝없는 잡음 때문입니다. 그래서 저는 바랍니다. 나의 말이 누군가의 삶을 방해하는 잡음이 아니기를.

말이 만든 나

당신의 말 한마디는
꿈을 키우기도, 병을 고치기도,
삶을 망치기도, 사람을 죽이기도 합니다 .

말로 스승이 될 수도 있고
의사가 될 수도 있고
사기꾼이 될 수도 있고
살인자가 될 수도 있습니다.

당신의 정체성은
당신의 입이 말합니다.

가난한 마음 앞에서
거리 두기

누군가 내가 하는 말마다 딴지를 건다면, 내 의견마다 늘 반대한다면, 그건 꼭 내 문제만은 아닐 거예요. 내 단점을 찾으려 애쓰는 그의 마음이 가난하기 때문일 거예요.

만약 그 대화가 내 잘못이 아니라면 오히려 그의 딴지에, 심지어 그의 반대 의견조차 충분히 공감해 줄까 봐요. 그렇게 해도 그가 바뀌지 않는다면 나는 이 대화에서 그냥 '자유' 할래요.

내가 듣고 싶은 말
건네기

나를 위로하는 가장 좋은 방법은
내가 간절히 듣고 싶은 그 위로의 말을
다른 사람에게 따뜻하게 건네는 것입니다.

그 말이 돌아오든,
그 사람에게 머물든,
그 자체로 이미 내게 큰 위로가 됩니다.

입술보다
손이 먼저

어느 날, 한 학생이 알베르트 아인슈타인 교수에게 물었습니다.

"교수님처럼 위대한 사람이 되고 싶습니다. 어떻게 하면 좋을까요?"

아인슈타인은 짧게 대답했습니다.

"입술을 적게 움직이게. 그리고 머리와 손은 많이 움직이게나."

말보다 중요한 것은 사고와 행동입니다. 말하기 전에 충분히 생각하고, 먼저 행동으로 보여준다면 그 말의 가치는 훨씬 높아질 것입니다. 생각보다 말을 앞세우지 말고, 말보다 행동을 앞세우십시오.

무례한 사람 앞에서
반응하지 않는 용기

　나한테 무작정 화를 내거나, 무조건 비난하거나, 아무 이유 없이 몰아세우는 사람에게 가장 적절한 태도는 이상할 만큼 가만히 있는 것입니다.

　만약 나도 똑같이 화를 내고 비난하며 몰아세우면 그는 자신의 언행을 잊은 채 순식간에 '피해자'가 되고 나는 '가해자'가 되어 있을 것입니다.

　그럴 땐 그를 한 명의 배우로 여기고 조용히 지켜보는 게 좋습니다. 그러면 그는 더 폭주해 자신의 무례함을 만천하에 드러내거나, 아니면 무례함을 깨닫고 서서히 잦아들 것입니다.

　무례한 사람 앞에서 가만히 있는 일,

　그건 세상에서 세 번째쯤 어려운 일입니다.

말하기 전에
줄부터 세우십시오

글쓰기는 생각의 줄 세우기입니다. 심사숙고 끝에, 생각들을 차례로 세워 하나씩 내보냅니다.

말하기는 생각의 선착순입니다. 먼저 나가겠다고 서로 밀치는 단어들 탓에 순서가 뒤엉키고, 마음과 다르게 전해질 때가 많습니다. 그래서 대개 글쓰기가 세운 줄의 완성도가 말하기가 세운 줄의 완성도보다 훨씬 높습니다.

말도 글처럼 한 번 마음속에서 줄을 세운 뒤에 입 밖으로 내보내십시오.

말이 남기는 흔적

무심한 말 한마디는
둔감한 마음에도 상처를 새기고
섬세한 말 한마디는
예민한 마음도 따뜻하게 감쌉니다.

말의 향기

향기 없는 꽃이 있듯
마음 없는 말이 있습니다.

꽃은 아름다운 형태를 넘어
향기로 말합니다.

말은 들리는 수려함을 넘어
마음으로 전해집니다.

말은 마음이 풍기는 향기입니다.

말의 농도

말에도 당도(糖度)가 있습니다.

당신의 말은 얼마나 달콤합니까?

말에도 순도(純度)가 있습니다.

당신의 말은 얼마나 순수합니까?

말에도 명도(明度)가 있습니다.

당신의 말은 얼마나 선명합니까?

말에도 감성도(感性度)가 있습니다.

당신의 말은 얼마나 촉촉합니까?

말에도 정확도(正確度)가 있습니다.

당신의 말은 얼마나 정확합니까?

말에도 완성도(完成度)가 있습니다.

당신의 말은 얼마나 온전합니까?

작은 소리를
크게 듣는 사람

삶이 마이크인 사람은
말을 잘할 것입니다.
인생이 연필인 사람은
글을 잘 쓰겠지요?

저는 일상이 보청기였으면 좋겠어요.
작은 소리도
크게 들을 수 있도록요.

아무리 생각해도
말하는 것보다 듣는 게 좋아요.
저는 들어야 말이 나오거든요.

성품으로 말하는 사람

꽃은 향기로 말하고
음식은 맛으로 말하고
하늘은 구름으로 말하고
나무는 열매로 말하고
가수는 노래로 말하고
배우는 연기로 말합니다.

그리고 당신은
성품으로 말씀하시는군요.

감사합니다.

말의 비위를 맞추는 법

가끔 말이 살아 있다는 생각이 들어요. 아무리 말을 잘 만들어보려 해도 도무지 안 될 때가 있거든요. 그럴 때는 말이라는 녀석의 비위를 맞춰줘야 하지요. 적당히 구슬려도 보고, 가끔은 윽박질러도 보지요.

그래도 말을 안 들을 때가 있어요. 그때는 그냥 포기해요. 분명 제가 욕심을 부리고 있는 순간이거든요. 말에 욕심을 잔뜩 담아 내놓으면 그 말이 어디서 어떤 짓을 하고 다닐지 몰라요. 말은 살아 움직이니까요

말이 멀리 가면
생기는 일

말하기는 어린 시절 하던 땅따먹기와 같아요. 내 돌이 아무리 멀리 나가도 세 번 만에 집으로 돌아와야 그 땅이 내 땅이 되었지요.

내 말도 너무 멀리 나가 이해의 범위를 벗어나면 세 번 안에 돌아와야 오해가 생기지 않아요. 물론 말의 영역이 넓으면 좋겠지만요.

오해가 생기는 순간, 그 땅은 더 이상 내 땅이 아니에요.

꺼낼 수 없는 말

스펀지는 병 안에
억지로 구겨 넣을 수 있지만
다시 꺼낼 수는 없어요.

말도 그래요.
누군가의 마음 안으로 들어가면
꺼낼 수 없어요.

외우지 않고
말하는 법

사람들은 제가 이야기할 때
어쩌면 그렇게 잘 외우냐고 물어요.
저는 외우지 않아요.
그냥 잘 말한 것뿐이에요.
처음 서너 줄만 잘 말하면
그 문장이 다음 문장을 데리고 와요.
언어는 생물이에요.
말이 말을 낳아요.
잘생긴 말은 잘생긴 말을 또 데려오고
못난 말은 못난 말을 줄줄이 데려와요.

불쑥 건넨 말의 힘

"안녕하세요? 저는 ○○출판사의 편집자 ○○○이라고 합니다. 이렇게 불쑥 전화를 드려서 죄송합니다."

"네, 반갑습니다. 별말씀을요. 연락은 원래 이렇게 불쑥 하는 겁니다."

책의 추천사를 써달라고 부탁하는 전화였습니다. 마침 제가 좋아하는 작가라 당연히 써드렸고, 얼마 후 제 추천사가 담긴 책이 손 글씨 엽서와 함께 도착했습니다.

"불쑥 드린 연락에도 반겨주시고, 연락은 원래 불쑥 하는 거라던 그 말씀이 내내 어찌나 따뜻하던지요."

사실 손 편지를 받은 제가 더 따뜻해졌습니다. 무심코 던진 말조차도 온기가 있기를 기도합니다.

말꽃이 되어

말은 입술에서 핀 꽃이지만
마음에서 이미 깊은 뿌리를 내렸습니다.

뿌리 깊은 마음에서 자란 말은
누군가의 마음에서 꽃처럼 피어납니다.

말꽃, 마음 꽃

입술을 스쳐 방금 들려온 말은
오래전 마음의 토양에서 튼 싹이었습니다.

따뜻한 마음이 피운 꽃은
은은한 향으로 듣는 이의 가슴에 내려앉고
거친 마음이 피운 꽃은
작은 가시 하나 품고 듣는 이의 기억을 찌릅니다.

말은 마음을 닮았습니다.
말꽃은 마음 꽃입니다.

여백에 피는 꽃

꽃밭이 조금 좁아도 괜찮습니다.
말을 빽빽하게 채우지 않으면 됩니다.
여백이 있어야 마음이 머뭅니다.

말과 말 사이
숨처럼 가볍게 쉬어가는 고요한 순간 위에
잔잔한 말꽃이 들풀처럼 피었습니다.

조용히, 천천히,
마음이 놓이는 공간에
그 사람이 말꽃 한 송이 두고 갑니다.

말이 닿는 자리

언제나 당신의 귀에
또렷이 들리도록 말하고 싶어요.
때론 당신의 눈에
선명히 보이도록 이야기하고 싶어요.
가끔은 당신의 가슴으로
조용히 느끼도록 설명하고 싶어요.

결국 좋은 말은
다음 말을 떠올리게 하는 말이어야 해요.

말 틈이라는 선물

　말 틈은 말과 말 사이, 대화 중에 생기는 작은 간격과 침묵의 순간을 말합니다. 말 틈 사이 생각할 기회가 주어지고, 감정이 싹틉니다. 말 틈 없이 혼자 일방적으로 얘기한다면, 상대는 금세 지칩니다.

　말 틈으로 상대방에게 여유를 주고, 대화에 참여할수 있는 기회를 주십시오. 말 틈은 당신의 마음을 상대에게 비춰주는 아주 '신박한' 여유입니다.

말 없는 하루가
간절합니다

제발 평생에 하루만이라도
말 한마디 하지 않고 살아볼 수 있을까요?

말도 쉼이 필요하다는데,
나는 단 하루도 쉬게 해준 적이 없습니다.

묵언수행.
평생의 소원입니다.

'말치'라는 말이
없는 이유

밥을 짓고, 집을 짓고, 옷을 짓고
심지어 글도 짓는데
말은 '짓는다'고 하지 않아요.

음치도 있고, 박치도 있고, 기계치도 있고,
심지어 춤치도 있는데
'말치'라는 말은 없지요.

말은 공들여 지어야 하는 게 아니에요.
누구와 비교해 잘한다,
못한다 할 것도 아니에요.
그저 자연스럽게 흘러나오면 되는 거예요.

폭력적 언어 앞에서
마음을 지키는 법

그의 말이 나를 폭행했습니다.
나의 말도 그를 때렸습니다.
그의 말이 점점 거세지더니
나를 가해자로 지목했습니다.

잠시 멈추고
그와 그의 말을 분리해 보았습니다.
그의 말을 버리고
그 사람 자체는 미워하지 않기로 했습니다.

나의 말이 잠잠해지자
그의 말도 서서히 가라앉았습니다.
폭력적 언어에 대응하는 주체는
나의 말이 아니라 나의 마음입니다.

2장

말못

~

내 말이 누군가의 가슴에
못으로 박히지 않기를

말못 1

세상에서 가장 아픈 못은 말못입니다.

오늘도 작은 못 몇 개 박았습니다.

본의는 아니지만 저도 모르게 그만.

참으로 송구합니다.

말못 2

무심코 뱉은 말이지만
못이 될 줄은 몰랐습니다.
사람의 마음에 깊이 박혀
온통 피투성이가 됩니다.
수천 마디 사과로도
그 못은 뽑히지 않았습니다.

말은 귓가를 스쳐
10초 만에 흩어지는 소리지만
말못은 마음에 박혀
10년이 지나도 녹슬지 않습니다.

말못 3

나의 말이
당신에게
못이 되지 않기를 빕니다.
빠지지 않는,
빠져도 흔적이 남는,
말못만큼은 아니기를 바랍니다.

말못 4

'하지만'은 말못입니다.

아무리 수려하게 칭찬해도
'하지만'이 붙는 순간
그 칭찬은 거품이 됩니다.

아무리 진심으로 사과해도
'하지만'이 나오는 순간
그 사과는 땅에 떨어집니다.

'하지만'은 마음에 박히고,
귀를 때리는 못과도 같은 말입니다.
그래도 꼭 하고 싶은 말이라면
'하지만'을 빼고 그냥 하세요.

말을 다스리지 못하면
관계를 잃습니다

평생 도자기를 만들어온 장인이 있었습니다. 어느
날, 그의 제자가 스승이 아끼던 도자기 하나를 실수로
깨뜨렸습니다. 제자는 깜짝 놀라 고개를 숙이며 용서
를 구했습니다. 하지만 스승은 분노를 이기지 못하고
소리쳤습니다.

"이 멍청한 놈아! 당장 나가!"

제자는 죄송하다는 말을 남기고 떠났습니다. 겉으
론 받아들인 듯했지만 마음에는 깊은 상처가 남았습
니다. 그 제자는 훗날 훌륭한 장인이 되었습니다. 그러
나 그 길에 스승은 없었습니다. 늙은 스승은 혼자 중
얼거리곤 했습니다.

"그때 손보다 입을 먼저 다스렸어야 했는데."

도자기를 깬 것은 제자였지만, 관계를 깬 것은 스승
이었습니다.

말이
면도칼이 되지 않기를

인생의 골목마다
일상의 구석마다
날카로운 면도칼이 숨어 있는 듯합니다.

결국 그 면도칼에 다치지 않도록
조심하는 것이 내 책임일까요?
그게 과연 가능한 일일까요?

복잡한 세상에서 혹시 당신은 면도칼이 보입니까?
저는 날카롭지 않은 평온한 일상을 기다립니다.
서머싯 몸의《면도날》을 읽으며
이런 생각을 했습니다.
혹시 내 말이 누군가에게 면도칼이
되지는 않을까, 하고요.

시간이 갚아주는 것들

지금 내가 받은 푸대접은
언젠가 내가 잘못 보낸 시간의 보복입니다.
지금 내가 받은 환대는
오랫동안 내가 쌓아온
선대(善待)의 결과입니다.

최근에 사랑한다고
말한 적이 있나요?

"혹시 제가 최근에 사랑한다고 말한 적이 있나요?"
무수한 말들에 밀려 정작 소중한 말을 못 했네요.
물 흐르듯이 말이 흐르면 좋겠습니다.
단순하고 짧은 말일수록 진심을 듬뿍 담습니다.

보이지 않는 희생

누군가와 소통이 잘되고 있다면
어느 한쪽이 조금은 희생하고 있을 겁니다.
내가 희생하지 않고 있다면
상대방에게 고마워하세요.

듣고 싶은 말

"복 많이 받으세요."

이 말을 듣고 싶을 때가 있습니다.

새로워지는 묘한 힘이 있습니다.

말못 5

강연 중에 무심코 청중을 배려하지 못할 때가 있습니다. 사례로 든 에피소드가 누군가의 상처를 건드리진 않았을까? 아차 싶지만 이미 늦었습니다.

그 말이 누군가에게 못이 아니었기를 빌 뿐입니다. 아무리 좋은 강연이었다고 칭찬을 받았어도 이런 날은 마음 한쪽이 묵직합니다.

마음에도 발효가 필요합니다

인생은 장독대입니다.

수많은 감정이 그 안의 항아리에 담겨 있습니다.

슬픔의 항아리, 기쁨의 항아리, 분노의 항아리.

묵은 감정의 항아리가 수백 개지요.

가끔은 뚜껑을 열어 볕을 쬐주세요.

묵은 감정이 잘 발효될 수 있도록.

집집마다, 사람마다

항아리 속 내용은 다 다릅니다.

1인분의 말

말이 너무 없으면
무심한 듯 보이고
말이 너무 많으면
무모한 듯 보이니
부디 1인분만 말하게 하소서.

말하기는 관계입니다

어느 날, 한 학생이 선생님께 물었습니다.

"선생님, 좋은 말은 어떤 건가요?"

"무슨 일이라도 있니?"

"저는 많은 말을 하며 설득하려고 하지만 사람들은 제 말을 잘 따르지 않습니다."

학생의 말을 들은 선생님은 조용히 웃으며 가방에서 그릇 하나를 꺼냈습니다. 처음 보는 음식물이었습니다. 선생님은 학생에게 조용히 말했습니다.

"괜찮아. 한 번 먹어봐."

학생은 잠시 머뭇거리다가 결국 그 음식을 먹었습니다. 제법 맛있었습니다. 그때 선생님이 진지한 목소리로 말했습니다.

"설득은 그 사람을 움직이게 하는 힘이야. 내가 긴말을 하지 않았는데도 너는 나를 믿고 이걸 먹었지. 그

건 우리가 쌓아온 관계 때문이야. 좋은 말은 길지 않아도 마음을 움직이는 진심이 담긴 말이야. 그 진심은 시간이 만들어준 관계가 보증하는 것이고. 때로는 '괜찮아' 한마디가 백 마디 설득보다 깊을 수 있단다."

말의 쉼표

몸과 마음이 참 분주한 계절입니다.

그럴 때는 말이라도 잠시 쉬어가면 좋겠습니다.

내가 아니어도 말은 넘치는 세상,

아무리 바빠도 몸을 쉬기는 힘들고,

아무리 애써도 마음을 꺼두기는 어려우니

말이라도 잠시 쉬어가면 좋겠습니다.

잠시만요.

가시는 녹이는 것

평생 인생의 가시를 뽑아보려고 노력했어요.
아무리 해도 안 되더군요.
그런데 어느 날 보니, 그 가시가 녹아 있더라고요.

인생의 가시는
뽑는 게 아니라
녹이는 것이군요.

내 삶을 찌르고 있는 것들이
지금은 뾰족한 가시처럼 보여도
시간이 조금만 지나면
그게 인생 줄기의 일부분임을 알게 될 거예요.
낮은 낮대로, 밤은 밤대로 아름다운 것처럼
꽃은 꽃대로, 가시는 가시대로 모두 내 인생입니다.

정겨운 뒷모습

누군가와 말하고 헤어지는 제 뒷모습이
식당에서 나와 돌아서는 제 뒷모습이
많은 사람을 만나고 떠나는 제 뒷모습이
비행기에서 잘 쉬고 내리는 제 뒷모습이
방송을 끝내고 스튜디오를 떠나는 제 뒷모습이
제발 정겨웠기를 바랍니다.

내가 몰라도 나를 아는 모든 이에게 친절해야 하지
만, 인생의 수많은 마주침이 모두 완벽할 수는 없기에
제가 무심코 스쳐왔던 만남들에 정중히 사과드립니
다. 그래도 돌아서는 제 뒷모습만큼은 정겨웠기를, 따
뜻했기를 기도합니다. 제 인생에 찾아와 주셨던 모든
분께 진심으로 감사합니다

마음 말하기 연습

우리는 다른 사람의 생각을 궁금해하며
일생을 살아갑니다.
즉, 다른 사람도 내 마음을 궁금해합니다.
그래서 필요합니다.
마음 말하기 연습.

맑은 마음의 포장지

어느 초등학교 선생님이 아이들에게 어버이날을 맞아 부모님께 드릴 선물을 준비하자고 했습니다. 모든 아이가 그림을 그리고 편지를 써서 정성껏 포장했지만, 한 아이는 아무런 포장 없이 종이 한 장만 내밀었습니다.

선생님이 조심스럽게 물었습니다.

"왜 포장을 안 했을까?"

아이는 작은 소리로 수줍게 대답했습니다.

"엄마 손이 요즘 많이 아파요. 그냥 바로 보여주고 싶어요."

그 종이에는 삐뚤빼뚤한 아이의 글씨가 그대로 보였습니다.

"엄마, 힘드시지요? 그래도 나 때문에 힘내줘서 고마워요. 사랑해요."

그 아이는 포장지 없이도
말 한마디로 마음을 곱게 포장했습니다.

말은 마음의 포장지입니다.
말을 벗기면 그 안의 마음이 드러납니다.

폭풍 같은 말

폭풍은 경고 없이 찾아옵니다.
말도 그러합니다.
감정이 쌓인 말은
태풍처럼 마음을 뒤흔들고
관계의 뿌리를 흔들어놓기도 합니다.
폭풍의 날씨엔 집 안에 머물 듯
폭풍의 말에는 침묵이 답입니다.

마음을 맞추다

공감은
마음의 결을 맞추어
같이 흐르는 따뜻한 물결.

말못 6

때로는 무심코 내뱉은 말 한마디가
누군가의 가슴에 수많은 대못을 박고
내 인생도 망칩니다.

상대방의 마음 문을
여는 방법

상대방의 마음 문을 여는 열쇠는
나의 입술이 아니라
눈과 귀입니다.
바라보고 듣고,
내 마음이 먼저 열려 있음을 보여줄 때
비로소 상대방의 마음도 열립니다.

상대방이
무례하게 말한다면

그다지 가깝지 않았던 다른 직종의 퇴직 선배가 있었습니다. 그는 계속해서 무리한 부탁을 아무렇지도 않게 해왔습니다. 그때마다 들어주어도 고마워하는 기색은 없고, 습관이 되겠구나 싶어 은근히 눈치를 줬지만, 요구는 멈추지 않았습니다.

그러던 어느 날, 도저히 들어줄 수 없는 상황이 되어 정중하게 선을 긋는 문자를 보냈습니다. 예상한 대로, 날 선 표현이 담긴 답 문자가 왔습니다. 그래서 다시 한번 정중하게 건승을 기원하는 문자를 보냈습니다.

얼마 후, 내가 불친절하다는 소문이 들려왔습니다.

본인이 무례한 줄 모르는 사람에게는 정답이 없습니다. 그냥 그렇게, 친절로 번거로움을 감수하며 살든지, 선을 긋고 험담을 감당하든지. 그 사이엔 차선만 있을 뿐 최선은 없는 것 같습니다.

상대방이 무례하게 말한다면, 더욱 친절하게 반응하십시오. 그렇지 않으면, 오히려 내가 무례하다는 소문이 돌 겁니다.

말의 흔적

말은 사라지면서도 남아 있습니다.
말은 눈에 보이지 않는
기억의 흔적을 남깁니다.

말은 마음에 새기는 문신입니다.
평생 갈 줄 몰랐습니다.

말은 바닷가 모래사장에 쓴
주먹 글씨 같습니다.
파도에 금세 지워질 줄 알았습니다.

금세 잊고 싶은 말은 평생을 가고,
평생 기억하고 싶은 말은 금방 사라집니다.
말의 흔적은 참으로 야속합니다.

너무 솔직해서
문제일 때

솔직한 건 좋은데
굳이 지금 말해야 할까요?
굳이 이렇게 말해야 할까요?
말못은 '솔직함'이라는 명분에 숨어서
상대의 마음을 무너뜨리기도 합니다.

내 삶이 하는 말

내가 말을 지키면
말이 나를 지켜줍니다.
말이 삶에 스며들어 하나가 되기도 하고
말과 삶이 서로 겉돌 때도 있습니다.

말이 삶을 벗어나면
그 말은 아무 힘이 없습니다.
내가 하는 말보다
삶이 하는 말이 더 강합니다.

칼끝과 꽃잎

말에 묻은 욕심은
칼끝처럼 서늘하고,
말에 물든 겸손은
꽃잎처럼 하늘거립니다.

말못의 시간 차

시간이라는 작은 틈 사이로 설익은 내 말을 던졌습니다. 조금만 먼저 말할 걸 그랬습니다. 그랬더라면 배려였을 텐데요. 한 호흡 쉬고 말할 걸 그랬습니다. 그러면 위로였을 거예요.

한 박자 어긋난 말이
그만 말못으로 박혀버렸습니다.

아차 하는 순간, 말 그릇에 내 마음이 바뀌어 담겼습니다. 상황에 따라 듣는 말이 다르게 들린다는 것을 깨달았을 때, 이미 내 말은 못이 되어 도무지 빠지질 않았습니다.

말의 길

말하기는 길을 내는 일입니다.
말은 마음이 지나가는 길이지요.

그 길이 그 사람의 마음속까지 닿도록
곧고 길게 뻗어나가야 합니다.

말의 길은
그 사람에게 가기 위한 수단이 아니라
그 자체가 목적입니다.

그 길 위를 걷다가
우연히라도 진실을 만나 함께 가닿기를 바랍니다.

그 사람에게 가는 것은 내가 아니라, 말입니다.

말이 적을수록
진리가 빛납니다

어느 토론장에서 한 사람이 자신의 생각을 설명하고 있었습니다. 그는 나름대로 철학적 고민을 풀어내느라 장황하게 말을 이어갔습니다. 주변 사람들은 점점 지쳤습니다. 그때 한 철학자가 조용히 입을 열었습니다.

"당신의 말 속엔 분명 진리가 있습니다. 그런데 너무 많은 단어가 그 진리를 덮고 있군요."

청중이 웅성거렸고, 그 사람이 놀란 눈으로 바라보자 철학자가 덧붙였습니다.

"진리는 물처럼 맑습니다. 그릇에 진리와 말을 함께 담는다면, 말이 적을수록 물처럼 맑은 진리가 더 빛나게 되지요. 짧은 말 속에 맑고 선명한 진리가 담기는 법입니다."

말이 많다고 지혜로운 것은 아닙니다.

짧을수록 본질은 드러나고,

그 말은 더 깊은 울림을 남깁니다.

많은 단어로 말하려 하지 말고,

적은 단어로 말하려 하십시오.

말하기의 위치와 모양

스피치 코칭 시간에 사투리가 심해서 고민하는 정부 부처 대변인을 만났습니다. 그 지역에 살아본 경험이 없어서인지 저도 그렇게 진한 방언은 처음 들었습니다. 이런저런 교정 방법을 시도하다가 결국 모음 사각도(母音四角圖)를 꺼냈습니다.

혀의 위치와 입술의 모양을 차근차근 가르쳐드렸습니다. 그러자 이분이 새로운 세상을 발견했습니다. 혀가 그곳에 있어야 한다는 걸, 입술을 그렇게 벌려야 한다는 걸 몰랐답니다.

사투리를 완전히 고치지는 못했지만, 부담감 가득한 마음은 치유하고 돌아갔습니다.

나의 말은 혀가 기억하고 입술이 기록합니다.
생각의 위치와 마음의 모양도 말이 결정합니다.

말의 세 가지 불

누군가의 말은
한 사람, 한 사람의 마음속에
작은 불씨를 지핍니다.

누군가의 말은
혼자 훨훨 타올라 곁에 있는
사람들까지 따뜻하게 합니다.

누군가의 말은
대화의 식탁에 불을 지르기도 합니다.

상대의 손을 잡기 위해
내려가는 마음

빛에 있는 사람이 어둠에 있는 사람에게 말합니다.

"어두운 곳에 있지 말고 환한 이곳으로 얼른 나와."

어둠에 있는 사람은 아무런 반응이 없습니다. 급기야 빛에 있던 사람이 어둠 속으로 내려갔습니다.

"여기는 어둡잖아. 나와 함께 환한 곳으로 가자."

그제야 어둠에 있던 사람이 그의 손을 잡았습니다.

공감이란

빛에서 부르는 것이 아니라

내가 어둠으로 내려가

그와 함께 어둠을 공유하는 것입니다.

말못의 정체

정확한 말은 차갑게 날 선 칼처럼
마음을 베고 지나갑니다.
정직한 말은 뜨겁게 달군 못 머리처럼
마음에 화상을 남깁니다.
말못은 진실로 내리쳤을 때
생기는 상처이기도 합니다.

말못의 흉터

말이란 그저 실수로 튀어나온 가벼운 입김이 아닙니다. 책임이라는 무게를 저버리고 던져진 돌멩이와 같습니다. 아름다운 말꽃이 서로의 따뜻한 향기를 피워 올린다면, 날카로운 말못은 서로의 상처가 되어 흉터로 남습니다.

말은 선택이고, 선택에는 책임이 따릅니다.

위로가 어려울 때
가장 좋은 말

위로는
내가 듣고 싶은 말을 하는 것이 아니라
아프고 힘든 상대가
듣고 싶어 하는 말을 건네는 일입니다.

정말 어떤 말을 해야 할지 모르겠다면
그냥 이렇게 말하세요.

"무슨 말로 위로해야 할지 모르겠어요."

위로가 그만큼 어렵기 때문에
그 문장이 관용적인 표현이 되었겠지요.

적어도 그 말에는 부작용이 없습니다.

말하기보다
먼저 들으세요

테레사 수녀는 인도에서 가난한 이들을 위해 평생을 봉사하며 기도를 삶의 중심에 두었습니다. 그녀는 한 인터뷰에서 이렇게 말했습니다.

"기도는 말하는 것과 듣는 것입니다."

기자가 물었습니다.

"그러면 무엇을 기도하십니까?"

테레사 수녀는 잠시 미소 짓더니 답했습니다.

"그저 듣습니다."

기자가 다시 물었습니다.

"그러면 그분께서는 뭐라고 말씀하시나요?"

그녀는 조용히 웃으며 말했습니다.

"그분도 그냥 들으신답니다."

간절한 바람은 '듣는 마음'에서 나옵니다.

누군가에게 진심으로 바라는 것이 있다면,
먼저 그 사람의 이야기를
가만히 들어보십시오.

말이 걸어가는 길

말은
행동을 자라게 합니다.
갓 태어난 말의 손을 잡고
걷는 것은 언제나 행동입니다.
내가 한 말이
오래가도록 하고 싶다면
행동한테 손을 잡고 따라가라고 하세요.

진득하게 듣는다는 것

누군가를 만났을 때
딱히 할 말이 없다면,
그 사람의 말을
진득하게 들어보십시오.

그러면 분명
할 말이 떠오를 것입니다.
듣지 않고는
말하기가 어렵습니다.

말로 표현해야
마음이 됩니다

종은 울려야 비로소 종이 되고,
노래는 불러야 마침내 노래가 됩니다.

잘못은 인정해야 잘못이 되고,
사랑은 고백해야 사랑이 됩니다.

감사도 말해야 고마움이 됩니다.
마음은 말하지 않으면
한낱 생각에 머물 뿐입니다.

돌아온 말 앞에서

내가 험한 말을 했던 이유는 그 말이 언젠가 내게 돌아오리라고 상상하지 못했기 때문입니다. 심한 말을 해도 된다고 생각했던 것은 그 말이 결국 내 안에 남아 나를 아프게 하리라고 짐작하지 못했기 때문입니다.

내가 한 말은 언젠가 나에게 돌아옵니다. 당신에게 던진 말이 결국 내 마음에 남을 줄 알았다면 나는 그렇게 말하지 않았을 것입니다.

미안합니다.
당신에게도, 그리고 무엇보다 나 자신에게도.

머리가 앞서고
마음이 받친다

머리를 겨냥하는 말이 있고,

마음을 바라보는 말이 있습니다.

머리를 따라가는 말이 있고,

마음이 내보내는 말이 있습니다.

머리가 조종하는 말은 딱딱해도 명확하고,

마음이 받쳐주는 말은 부드럽고 유연합니다.

머리가 앞서가도 마음이 함께 가면 좋고,

마음이 먼저 가도 머리를 데려가면 좋습니다.

그러면 그 사람도

머리로 받아 마음에 심고,

마음으로 받아 머리로 풀어냅니다.

결국 말의 결은 사람의 성향이 지배합니다.

그러니 애써 균형을 잡아보려 합니다.

말하기는 겸손의 공부

말하기는 상대방에게
민감해지는 작업입니다.
그런데 우리는 대부분
나에게만 민감해지려 합니다.

말하기는 끝까지 상대를
존중하는 마음을 지키는 일입니다.
하지만 우리는
대부분 내 자존감만 지키려 합니다.

말하기 공부는
나를 내려놓는,
험하고도 어려운 작업입니다.

좋은 대화는
편집되지 않습니다

생방송을 진행할 때마다

편집자의 마음으로 말합니다.

말과 말이, 대화와 대화가,

순서와 순서가 자연스럽게 흐르도록

살피고 조율하는 역할이죠.

천의무봉(天衣無縫).

하늘 옷은 꿰맨 자국이 없다는 뜻입니다.

좋은 생방송은 편집을 필요로 하지 않습니다.

좋은 대화는 마음으로 편집되고

진짜 좋은 말은 흐름으로 완성됩니다.

편집이 필요 없는 자연스러움,

그것이 가장 좋은 대화입니다.

나쁜 말 한마디의 무게

우리 뇌는 나쁜 것을 더 오래 기억합니다.

상처가 된 말 자체보다

그 말을 한 사람을 더 오래 미워합니다.

그래서 내가 던진 나쁜 말 한마디가

누군가의 마음에 오래 남아

나를 증오하게 만든다면,

그 한마디는

좋은 말 만 마디로도 지워지지 않습니다.

말을 덜어내는 용기

어느 날, 두 나라 사이의 긴장감이 높아졌습니다. 작은 오해가 외교 문제로 번졌고, 양국의 대사가 회담 자리에 마주 앉았습니다. 한 대사가 분노한 얼굴로 상대를 몰아붙였습니다. 하지만 다른 대사는 잠시 침묵한 뒤, 짧게 한마디만 했습니다.

"미안합니다. 우리가 원하는 건 평화입니다."

그 짧은 말에는 변명도, 반박도, 공격도 없었습니다. 그 한마디가 방 안의 긴장감을 누그러뜨렸고, 결국 불필요한 충돌 없이 원만한 대화가 이어졌습니다. 훗날, 그 자리에 있던 사람들은 이렇게 회상했습니다.

"그가 만약 한마디라도 더 했더라면, 전쟁이 일어났을지도 모릅니다."

갈등이 생겼을 때, 말이 많으면 넘치기 쉽습니다. 비

난과 비판 그리고 비하의 말은 상처를 남깁니다. 다소 부족한 말은 여운을 남기며 오히려 깊은 인상을 줍니다. 화가 났다면, 말은 차라리 모자란 편이 훨씬 낫습니다.

말의 바닥짐이 있는 사람

바닥짐은 배가 전복되지 않도록
균형과 복원력을 지켜주는 무거운 짐입니다.
거친 바다에서 배가 안정적으로
항해할 수 있는 든든한 이유이기도 하지요.

겸손과 배려는 언어의 바닥짐입니다.
말이 헛나가거나 실수가 있더라도
그 사람에게서 겸손과 배려가 보인다면
우리는 용납하고 용서할 수 있습니다.

거친 상황에서도 흔들리지 않고 말할 수 있으려면
나만의 바닥짐이 필요합니다.
그 바닥짐은 결국,
겸손과 배려입니다.

여운처럼 널리 퍼지는 말

시처럼 말하고 싶어요.
비틀어도, 어긋나도, 틈이 있어도
그 나름의 아름다움이 있으니까요.

노래처럼 말하고 싶어요.
꺾어도, 높아져도, 나긋해져도
그대로 신나니까요.

그림처럼 이야기하고 싶어요.
겹쳐도, 번져도, 묻어나도
오히려 더 선명해지니까요.

연못에 던진 돌처럼 가라앉아도
그 여운은 오래, 널리 퍼지는 말을 하고 싶어요.

말하는 힘은
사랑에서 시작됩니다

제가 만난 한 청년은 자신의 일만큼 말을 참 잘합니다. 논리적이고 정확하고 자연스럽고 설득력 있는 표현은 아나운서인 저도 닮고 싶을 정도로 인상적입니다.

그에게는 슬픈 기억이 있습니다. 세 살 때 생모와 헤어져 남의 손에서 자랐습니다. 어른의 사랑을 제대로 받지 못하는 안타까운 시절을 보냈지만, 남다른 꿈과 의지와 노력으로 지금은 행복한 삶을 살고 있습니다.

생모와의 이별을 안타까워하는 그 청년에게 한 상담가가 이런 말을 했습니다.

"언어 능력은 보통 세 살 이전에 형성됩니다. 정욱 씨는 세 살까지 어머니가 키우면서 사랑으로 대화를 많이 하셨을 거예요. 환경과 형편은 어려웠겠지만, 사랑으로 말하고 사랑으로 들으면서 3년을 키우신 덕분에 정욱 씨가 탁월한 언어 능력을 얻게 된 거죠."

이 말을 들은 청년은 얼굴도 기억 못 하는 엄마의 사랑을 확인했습니다. 이제 그 청년은 아내와 사랑의 대화를 나누며 행복하게 살고 있습니다.

그 청년의 말하기 학교는 엄마와 함께한 사랑의 대화 3년 과정이었습니다.

말의 탑을 쌓는 일

말처럼 쉬운 게 어디 있겠어요?
돌탑 쌓듯 단어를 하나씩 올리면
문장은 금세 모양을 갖추잖아요.

말처럼 어려운 게 어디 있겠어요?
쌓은 돌탑이 무너지지 않아야 하고
게다가 기왕이면
멋있기까지 해야 하잖아요.

32년 차 방송인의 고백

생방송을 앞두고 말이 안 만들어지는 경우가 있어요.

그럴 때마다 스스로 질문해요.

내가 누구에게 말하려고 하지?

한 사람만 떠올려볼까?

내가 무엇을 말하려고 하지?

한 가지만 떠올려볼까?

내가 어떻게 말하려고 하지?

한 문장으로 말해야겠다.

내가 무얼 드리려고 하지?

위로? 배려? 존중? 친절?

하나만 골라서 드려야겠다.

문제는 늘 나에게 있었어요.

그래서 나를 빼고 말하려고 해요.

실은 오늘도 겨우 말했어요.

말의 본질을
'핵심어' 하나로 남기는 기술

말을 잘하려면,

말하고 난 뒤

끝까지 남기고 싶은 단어 하나를 고르세요.

그리고 하나를 더 찾으세요.

가능하다면 한 개를 더 꺼내서

그 세 단어를 버무려보세요.

살도 붙이고 장식도 얹어보세요.

그리고 마지막에 홀라당 벗겨

단어 하나만 남기세요.

처음 찾았던 순서와 상관없이

오직 그것 하나만 남기세요.

그 단어 하나가

상대 마음에 남기만 해도

박수를 받아요.

3장

말씨

내 말씨와 태도가
말의 격조를 결정하므로

오늘의 말씨 예보

말은 날씨와 같습니다.

비 오는 말씨, 눈 오는 말씨,

구름 낀 말씨, 화창한 말씨.

오늘 당신의 말 날씨를 예보해 주세요.

말씨도 진짜 날씨의 영향을 많이 받는답니다.

말의 체온

비 오는 날에는
굳이 따뜻한 말을 하려고 애쓸 필요가 없어요.
당신의 말은 이미 당신의 체온을 품은걸요.
당신은 충분히 따뜻합니다.

봄을 선물하는 표정

어디에도 봄기운이 없는 날,
내가 만들 수 있는 봄기운은
오직 표정뿐입니다.

옆 사람에게
봄을 조금 먼저 선물해 보세요.

바람이 꽃을 흔들어도
봄은 반드시 오듯
사람들의 얼굴에서도
봄은 옵니다.
봄을 읽을 수 있으면 좋겠습니다.

표정도 언어입니다.

말은 관심을 담습니다

어느 초등학교에 늘 말이 없고 친구들과 잘 어울리지 못하는 아이가 있었습니다. 선생님은 수업이 끝난 뒤에도 혼자 교실에 남아 있는 그 아이를 자주 보았습니다. 어느 날, 선생님이 다가가 조용히 말했습니다.

"너는 조용히, 늘 집중하는 모습이 참 좋아 보여. 선생님은 네가 어떤 생각을 하는지 궁금해."

그날 이후, 아이의 마음은 조금씩 선생님에게 열리기 시작했습니다. 그리고 얼마 후 그 아이에게 말을 거는 친구들이 하나둘 생겼습니다.

며칠 뒤, 선생님은 아이의 일기장에서 이런 문장을 보았습니다.

"선생님이 내게 말을 걸어주셨을 때, 저는 처음으로 누군가가 저에게 진심으로 관심이 있다고 느꼈어요."

사실 다른 선생님들도 그 아이에게 말을 걸었지만

혼자 있지 말고 친구들과 어울리라는 얘기뿐이었습니다. 그 누구도 그 아이의 성향을 칭찬하거나, 진심으로 관심을 보이지는 않았습니다.

말은 단순한 소리가 아닙니다.
그냥 흘러나오는 생각의 조각도 아닙니다.
말은 마음이 담길 때 비로소 힘이 됩니다.
진심과 관심이 담긴 말만이
사람의 마음을 움직이고 행동을 바꿉니다.
누군가를 움직이려면,
지적하기보다 먼저 관심을 담으십시오.

말은
마음의 지층을 만듭니다

그 사람이 내 말을 이해하지 못한다고 해서
조급해하지 마십시오.
어떻게든 이해시키려 서두르지도 마십시오.

그전에 하던 대로 해야 할 말을 전하면 됩니다.
말은 사라지는 듯 보여도
알게 모르게 그 마음에 쌓이고 있습니다.

그 사람의 마음에 쌓인 내 말은
언젠가는 오해를 풀고,
언젠가는 설득을 엮으며,
언젠가는 공감을 만들어냅니다.

말의 두 얼굴

당신의 말은
마음을 두드리는 소리입니까?
마음을 어지럽히는 소음입니까?

태도가
말의 절반을 차지합니다

글은 읽다 보면 서서히 태도가 보입니다. 유난히 당당해 보이는 글이 있고, 겸손하거나 혹은 우울해 보이는 글도 있습니다. 문체와 단어 선택, 문장의 조합과 내용을 따라가다 보면 활자 사이에서 그 사람의 태도가 드러납니다.

그런데 말하기는 글과 다릅니다. 말의 태도는 내용보다 먼저 나타납니다. 표정, 인상, 자세, 어투, 목소리, 눈빛, 음색…… 이 모든 요소가 말의 내용이 전해지기도 전부터 그 사람의 태도를 먼저 보여줍니다.

내용이 완벽하지 않아도 괜찮습니다. 태도는 진정성을 전하는 가장 좋은 도구입니다. 말하기는, 결국 태도입니다.

말 사이로 비치는 사람

생각을 품고도 말하지 않는 사람은
침묵의 깊이를 아는 사람입니다.

생각을 다듬어 말하는 사람은
신중함을 지닌 사람입니다.

말하며 동시에 생각하는 사람은
머리가 밝은 사람입니다.

말하고 나서라도 다시 생각하는 사람은
변화를 향해 나아가는 사람입니다.

말하고도 끝내 생각하지 않는 사람은
세상 가장 편한 자리에 앉아 있는 사람입니다.

말의 이름들

말꽃, 받아본 적 있으세요?
말못, 박혀본 적 있으신가요?
말창, 찔려본 적 있으시죠?
말씨, 심어본 적 있으실걸요?
말샘, 마셔본 적 있으실까요?
말맛, 살려본 적 있으시겠죠?

말꿈, 마음껏 꿔보세요.

품격은
태도에서 나옵니다

매일 아침, 저는 수많은 사람을 인터뷰했습니다. 누군가가 말을 잘한다고 기억하는 것은 그 사람이 들려준 문장 때문이라기보다는 그 사람이 보여준 태도 때문입니다.

누군가가 무례하다고 기억하는 것도 그가 뱉은 말 자체보다 그가 보인 태도 때문입니다. 말하기의 평가는 절반 이상이 태도에 달려 있습니다.

말은
공기를 타고 번집니다

다음 날 새벽의 공격을 준비하던 어느 장군이 늦은 밤, 참모와 대화를 나누었습니다.

"아무래도 내일 또 피를 보겠군."

그 말은 전쟁의 고통이 계속될 거라는 한탄이었지만, 문밖에 있던 병사는 전혀 다르게 들었습니다.

"우리가 또 죽으러 가는구나."

그 말은 삽시간에 부대 전체로 퍼졌습니다. 병사들의 마음은 두려움과 불만으로 가득 찼습니다. 결국 다음 날, 장군의 부대는 싸워보기도 전에 크게 무너졌습니다.

말은 가볍지 않습니다. 말은 공기를 타고 번져서 분위기가 되고 마음속으로 스며들어 감정을 만듭니다. 결국 그 마음이 행동이 되고 행동은 결과로 이어집니다.

말의 수명

우리는 언젠가 죽습니다.
하지만 우리의 말은
누군가의 기억 속에서
죽지 않고 오래 살아 있습니다.

마음을 잠시 꺼두세요

긴 여행에는 문제가 곳곳에 도사리고 있게 마련입니다. 대부분은 여유 있는 기다림으로 해결되지만요. 그런데도 우리는 노심초사, 걱정으로 시간을 채웁니다.

궂은 날씨는 조금만 지나도 잠잠해질 때가 있고, 스마트폰이나 자동차는 껐다 켜는 것만으로도 심각하지 않은 문제가 제법 풀리지요. 우리네 인생만큼 긴 여행이 또 어디 있겠습니까?

이런저런 이유로 분주할 때는 마음을 잠시 꺼두세요. 그랬다가 다시 켜면, 마음이 그새 점잖아져 있을 겁니다. 여유 있는 기다림. 그저, 마음을 잠시 꺼두면 됩니다.

말이
마음에 닿지 않을 때

누군가 당신을 위로할 때
그 말이 그대로 위로로 들리고
누군가 당신을 격려할 때
그 말이 그대로 격려로 들린다면
당신의 마음은 지금 제법 괜찮은 상태입니다.

하지만 누군가 아름다운 말을 해도
아름답게 들리지 않고,
진심을 전해도 진심으로 들리지 않는다면
그때는 당신의 마음에 문제가 있는 것입니다.

상대방을 탓하지 마세요.

말부터 조심해야 할 때

행동을 조심해야 하는 순간이 있습니다.
그때는 행동보다
먼저 말부터 조심하십시오.
행동을 조심하려다
실수가 말로 새어 나옵니다.

말은 작은 틈에도 생각을 드러내고,
얼떨결에 드러난 그 생각 하나가
상황을 한순간에 악화시킬 수 있습니다.

말에 속지 않고
태도로 판단하기

아는 것을 모두 말하지 않겠습니다.
듣는 것을 모두 믿지도 않겠습니다.

말로 판단하기보다
상황을 있는 그대로 바라보겠습니다.
들은 말보다 그 사람이 보여준
태도로 판단하겠습니다.

내가 힘들 때
필요한 말 한마디

인생이 무너졌다면, 삶이 뒤집어졌다면, 아프다면, 돈을 잃었다면, 누군가가 떠났다면, 외롭다면, 우울하다면, 가장 먼저 할 수 있는 위로는 말 한마디입니다.

누군가를 위로하기 위해서가 아니라, 언젠가 힘들어질 나 자신을 위해서라도 어떤 말로 위로할지 늘 준비해 두십시오.

남의 이야기가 아닙니다. 내가 힘들 때, 스스로를 위로할 말 한마디가 가장 먼저 필요합니다.

말의 다름을 받아들이기

마포대교를 건너 출근하는 길,
새벽하늘이 문득 마음에 들어옵니다.

동쪽 하늘을 보다가
고개를 돌리니
전혀 다른 서쪽 하늘이 펼쳐져 있습니다.

같은 시각, 다른 하늘.
같은 말에도
당연히 다른 시각이 존재합니다.

서로 다르게 이해할 수 있음을
기꺼이 받아들이세요.

내 말이 손난로가 되기를

진공청소기 같은 말이 있습니다. 대화의 거실에서 들리는 모든 얘길 다 빨아들이는 말입니다.

세탁기 같은 말이 있습니다. 대화라는 옷에 묻은 찌들 대로 찌든 얘길 깨끗이 빨아내는 말입니다.

식기세척기 같은 말도 있습니다. 대화의 식탁 위에 쌓인 더러운 얘기를 말끔히 닦아내는 말입니다.

당신의 말은
어떤 기능을 가지고 있습니까?

나는 산들바람처럼 부드럽고, 손난로처럼 따뜻한 말로 당신의 마음을 데워주고 싶습니다.

여백을 건네는 대화

대화는 한 권의 스케치북을 함께 채워가는 과정입니다. 혹시 한 장 한 장을 모두 당신이 그리고 있지는 않습니까? 이번 그림을 당신이 주도해서 그렸다면, 다음 장의 그림은 상대가 그리도록 해주세요.

그리고 당신이 주도해서 그린 그림조차 상대를 위해 여백을 남겨주세요. 상대가 채운 여백이 그림을 더 아름답게 만들어줄 테니까요.

말하기의 여백은 듣는 사람에게 건네는 최고의 선물입니다. 설령 그 여백이 빈칸으로 남아 있더라도 말입니다.

말의 가성비

돈이 많으면 좋은 사람으로 보이기 쉽다지요.
말이 많으면 헤픈 사람으로 보이기 쉽습니다.

돈이 많다고 모두 훌륭한 사람은 아니듯
말이 많다고 모두 가벼운 사람은 아닙니다.

말은 양이 아니라 결입니다.
많이 한다고 빛나는 것이 아닙니다.
잘할 때 비로소 향기가 납니다.

말에도 돈처럼 가성비가 있습니다.
적게 쓰더라도 제대로 쓰는 것,
그게 당신의 품격을 결정합니다.

시댁에
전화하기 싫은 이유

시댁에 전화하기 싫은 이유는 분명합니다.

"시어머니가 당신 하고 싶은 이야기만 하시거든요. 당신 아픈 이야기, 당신 힘든 이야기, 당신 남편, 당신 시누이, 당신 동서 뒷담화, 당신 시집와서 고생한 이야기, 당신 아들 칭찬, 남의 며느리 칭찬 등등 제가 반응할 틈도 없이 30분을 달리세요. 어쩌면 매번 똑같은지 신기할 정도예요."

내가 하고 싶은 이야기를 하지 말고
상대방이 듣고 싶은 이야기를 하세요.

말은 짧을수록
무겁습니다

미국의 제16대 대통령을 지낸 에이브러햄 링컨이 한 재판에서 변호를 맡았습니다. 상대편 변호사는 유난히 장황한 변론을 늘어놓았습니다. 링컨은 그의 긴 말을 조용히 듣고 있다가 자기 차례가 되자 단 한 문장으로 말했습니다.

"저 사람의 말은 길지만 진실은 짧습니다. 진실은 단순합니다."

그 한마디로 배심원들의 마음이 움직였습니다. 그리고 링컨은 결국 소송에서 이겼습니다.

긴 말은 잘 들리지 않습니다. 그때뿐입니다.
머릿속에 남는 문장은 대체로 짧은 말입니다.
짧은 말은 곧고 단단하기 때문입니다.
깊이 있는 문장이라면 더욱 그렇습니다.

말은
마음의 걸음입니다

마음으로는 못 할 일이 없습니다.
말로 옮기면, 한 걸음 더 다가갑니다.
여전히 할 수 있는 일은 많습니다.
하지만 말로 "못 한다"고 하면
두 걸음 뒤로 물러납니다.
마음이 말을 데려오고,
말이 행동을 데려갑니다.

말의 뜻을
다시 들여다보면

잠시 멈춰 한 번 더 생각했을 뿐인데,
하루 종일 귓가를 맴도는 그의 말이
좋은 마음에서 나온 것이었다는 걸
뒤늦게 알았습니다.

그때 곰곰이 들여다보지 않았다면
오해가 조용히 자리를 잡을 뻔했습니다.

그의 말을 다시 생각하기를 잘했습니다.
스쳐 지나갈 뻔한 오해의 말이
인연이 되었습니다.

기분을 체로 친 날

오늘 하루치 기분을 체로 걸러내 봤습니다.
이상합니다.

분명 제법 신나는 일도 있었는데
좋은 감정은 다 빠져나갔네요.

남은 것들은 버리고 싶은 것뿐입니다.
아, 그렇죠.
이것들을 버리려고 체로 걸러낸 거였죠.

좋은 감정은 말로 표현해 마음에 남기고
나쁜 기분은 잘 싸매서 싹 다 버렸습니다.

나쁜 말은 자동 저장,
좋은 말은 수동 저장

어느 중학교에 조용하고 성실한 학생이 있었습니다. 성적이 뛰어나진 않았지만, 묵묵히 자신의 자리에서 최선을 다하던 아이였죠. 어느 날, 국어 시간에 선생님이 무심코 이렇게 말했습니다.

"너는 왜 이렇게 대답이 느리니? 답답하다, 정말."

그 말이 학생의 마음에 깊은 상처를 남겼고, 그날 이후 아이는 말수가 더 줄고 자신감도 잃었습니다. 몇 달 후, 다른 선생님이 상담 시간에 이렇게 말했습니다.

"넌 참 신중하구나. 깊이 생각한 다음에 여유 있게 말하는 게 멋져 보여."

아이는 그 말을 쉽게 받아들이지 못했습니다.

"정말요? 그런 말은 처음 들어요. 국어 선생님은 만날 제가 느려서 답답하다고 하시거든요."

그 말을 들은 선생님은 깨달았습니다. 나쁜 말은 강

럴하게 남고, 좋은 말은 좀처럼 기억하기 쉽지 않다는 것을요. 상담 일지를 보니 지난번 상담 때도 같은 얘길 해주었는데, 아이는 처음 듣는 말이라고 답했습니다. 또 국어 선생님께 물어보니 그 아이가 누군지 기억조차 못 했습니다.

혹시 좋은 말을 오래 기억하고 싶다면
애써 기록하고 마음에 새겨두세요.
나쁜 말은 '삭제'를 눌러 지우고요.
그래도 쉽게 지워지진 않겠지만
언젠가는 희미해질 거예요.

나쁜 말은 듣자마자 저절로 마음에 자리를 잡고
좋은 말은 반드시 '저장'을 눌러야 오래 남습니다.

마음이 사는 곳

당신의 마음은 어디에 있을까요?
누구는 심장에 있다 하고,
누군가는 뇌에 있다고 합니다.
사실 마음은
입술 위에 살고 있습니다.

돈으로는
살 수 없는 것들

돈으로 친구에게 맛있는 밥을 사줄 수는 있지만 친구의 마음까지 살 수는 없습니다. 돈으로 아내에게 원하는 선물을 사줄 수는 있지만 아내의 사랑이 그것 때문에 생기지는 않습니다.

돈으로 좋은 집을 마련할 수는 있지만 그 안의 웃음과 평안까지 보장되지는 않습니다. 친구의 마음도, 아내의 사랑도, 가정의 행복도 돈보다 말이 더 깊게 데려옵니다.

먼저 마음을 꺼내 표현하십시오. 사랑을 말하고, 감사를 말하십시오. 그러면 작은 행복이 선물처럼 따라옵니다. 물론, 돈도 있으면 좋습니다.

말의 자연법칙

나무가 바람을 불평한다면,
숲이 어둠을 싫어한다면,
바다가 파도를 꾸짖는다면,
산이 단풍을 요란하다 탓한다면,
말이 시(詩)를 과묵하다 비웃는다면,
그 얼마나 어처구니없는 일입니까.

나무는 흔들려야 하고,
숲은 캄캄해야 하고,
바다는 솟아내야 하고,
산은 옷을 갈아입어야 합니다.
그리고 말은 절제해야 합니다.

말은 나무이고, 숲이고, 바다이고, 산입니다.

말에 바라는 일곱 가지

간결하기를,
가식이 없기를,
알기 쉽기를,
여유롭기를,
마음을 물들이기를,
상쾌한 바람이기를,
고요하기를.

나의 말이
그러하기를.

말의 폭력 앞에서
마음을 지키는 법

불쾌한 말을 들을 때가 있습니다. 수치스럽게 만드는 말도 있고, 때론 모욕적인 말도 있습니다. 후우우우~ 일단 숨을 깊이 내쉽니다. 그 말의 농도는 상대의 몫이고, 그 말이 내 마음에 남을지는 내 몫입니다.

상대가 내 마음을 깨뜨리길 원했어도, 내 마음이 깨지지 않으면 깨지는 쪽은 상대입니다. 이제 그 말을 지우는 것, 상대의 마음 따위까지 지워내는 것, 그것도 결국 나의 몫입니다.

험담과 미담

험담(險談)이가
우리 집에 찾아온다면
문을 열어주지 않겠습니다.
기어이 찾아온 험담이가
등을 돌려 돌아서면
조용히 문을 열고
그 뒤에 미담(美談)이를
살짝 딸려 보내겠습니다.

말의 가시를
뺍는 법

왜 고슴도치를
삼키려 하십니까?
가시 돋친 말을
왜 입에 머금고 있습니까?
얼른 뱉어내십시오.
퉤퉤퉤.

그 가시가 마음까지
찌르게 내버려두지 마십시오.

확신에는
겸손이 필요합니다

확신하는 것을 말하기보다
확실한 것을 말하겠습니다.
내가 말하는 순간,
그것이 '확정'되니까요.
적어도 확인 절차는 거치겠습니다.
확신에는 믿음만큼
겸손이 필요합니다.

호칭의 힘

목욕탕에서 세신을 받던 날이었습니다. 옆자리의 대화가 들렸습니다.

"103번 손님?"

"네, 접니다. 안녕하세요, 선생님?"

"어서 오세요. 어떤 걸로 해드릴까요?"

"등 마사지 부탁드립니다. 선생님."

"때도 밀어드릴까요, 사장님?"

"그래 주세요, 선생님. 근데 저 사장님 아닌데요?"

"하하, 저도 선생님 아니에요."

"무슨 말씀을요! 마사지 정말 잘하시잖아요. 남을 돕는 전문가는 다 선생님이죠. 덕분에 피로가 싹 풀립니다."

"아, 감사합니다, 사장님. 잘해드리겠습니다."

제가 엎드려 있어서 두 사람의 표정은 못 봤지만 짐

작은 갔습니다.

때로는 평범한 호칭 하나가
상대방의 정체성을 만들고
자존감을 높이고
심지어 내 말의 품격도 높입니다.

말 한마디에 진심을 담으면
호칭도 선물이 됩니다.

자기 마음에
먼저 말을 거는 일

누군가에게 인정받고 싶다면
당신이 먼저 자신을 인정하세요.

누군가의 칭찬이 필요하다면
스스로 먼저 당신을 칭찬해 보세요.
남의 인정과 칭찬에 우쭐해지는 것보다
스스로를 인정하고 칭찬해서
조금 민망해지는 편이 더 나아요.

누군가의 충고가 불편하다면
당신이 먼저 자신에게 충고하세요.
누군가의 조언이 불쾌하다면
스스로에게 조언해 보세요.

사실 자신에게 어떤 조언과 충고가 필요한지는
자신이 너무나 잘 알고 있어요.

그러니 자신의 부족함부터 인정하세요.
그리고 그런 자신을 스스로
대견하게 여기고 칭찬하세요.

상대의 말을
바꾸는 법

그가 싫었습니다.
그의 말이 싫었기 때문입니다.

그래서 그에 대해 더 알아보기로 했습니다.
그러자 그가 왜 그런 말을 하는지 이해가 됐습니다.

그리고 내 말이 왜 그랬는지도 알게 됐습니다.
그도 내가 싫었겠구나, 싫었습니다.

그래서 내 말을 바꿨습니다.
그랬더니 그의 말도 바뀌더군요.

그의 말을 바꿀 수 있는 건
나의 말뿐입니다.

말 속에 담긴
작은 기도

먼저 고맙다고 말하세요.
친밀한 관계를 원한다고도 말하세요.
당신을 존중하고 인정한다고 말해도 좋아요.

슬쩍 내가 원하는 것도 말해보세요.
혹시 잘못한 것이 있으면 사과도 하시고요.
때론 도와달라고 말해도 괜찮아요.

그리고 마지막에는 축복한다고 말하세요.

그러고 보니 말은 기도처럼 하는 게 좋겠네요.
사실 진심 어린 대화는 기도와 같아요.
기도하면 서로 더 친밀해져요.

남의 말과
나의 마음을 분리하는 법

그 사람이 낸 화를,

그 사람이 뱉은 욕을,

그 사람이 준 수치를

내 마음에 담아 보관하지 마세요.

그 사람이 버린 쓰레기를

내 침대 머리맡에 쌓아두는 것과 같습니다.

자기 쓰레기는 자기더러 치우라고 하세요.

그 사람의 말은 그의 몫입니다.

말의 다이어트

음식을 절제하듯
말도 그만큼만 절제하십시오.
절제한 음식이 건강을 지키듯
절제한 언어는 관계를 지켜줍니다.

말은
본질을 담는 그릇

　설리번 선생님은 시청각 장애로 세상과 단절된 채 살아가던 어린 헬렌 켈러의 손을 물로 씻어주며 손바닥에 'W-A-T-E-R'라는 철자를 손가락으로 씁니다. 처음으로 '물'의 이름을 알려준 것입니다. 그 순간, 헬렌은 사물과 자신을 연결하는 언어라는 고리를 배우게 됩니다.

　이후 헬렌은 세상의 모든 사물에 이름이 있다는 사실에 감격했죠. 그리고 선생님의 손가락 글씨로 사물의 이름을 하나씩 배우며 자신과 세상을 연결합니다. 그렇게 고유한 이름으로 그 사물을 이해합니다.

　이름은 사물의 본질을 담는 그릇입니다.

　내가 하는 말은 내 생각을 담는 그릇입니다.

　말은 내 생각과 상대방을 연결하는 고리입니다.

그릇이 음식을 돋보이게 하듯
말은 생각을 돋보이게 합니다.

상처는 비난이 아니라
반응에서 생깁니다

"이름이라는 게 뭔가요? 장미라고 불리는 꽃을 다른
이름으로 불러도 아름다운 향기는 그대로잖아요."

셰익스피어가 이렇게 말한 이유는 설령 내가 어떤
이름으로 불려도 내 진심과 정체성을 바꾸지는 못한
다는 것이겠죠.

가끔 나를 흔드는 말을 들을 때가 있지만, 그 말 때
문에 내가 흔들릴 이유는 사실 그리 많지 않습니다.

몇 마디 비난으로 내 정체성을 바꿀 수는 없습니다.
내가 흔들리는 이유는 그 말 자체보다 그 말에 대한
내 반응 때문입니다. 1퍼센트의 비난에 내가 스스로
99퍼센트의 상처를 보태는 것이지요.

장미를 쓰레기라고 부른다 해도 잘못은 장미한테
있지 않습니다.

말로 누군가의 삶을
돕는다면

《비폭력 대화》로 유명한 마셜 로젠버그에 의하면, 사람은 서로의 삶에 도움을 줄 때 기쁨과 보람을 느낀 다고 합니다. 아픔을 치료하는 의사도, 불구덩이에서 사람을 구하는 소방관도, 맛의 즐거움을 선물하는 요 리사도 같은 이유로 보람을 느낍니다.

재주 하나 없는 제가 누군가의 삶을 도울 방법은 오 직 위로와 응원의 말뿐입니다. 그래서 저도 치료하듯, 요리하듯, 불구덩이로 뛰어들듯 정성껏 말하겠습니다. 따뜻한 위로와 선한 영향력을 전하겠습니다.

위로의 본질

위로는 그 사람의 마음 바다에
함께 빠져드는 일입니다.
같이 표류하고, 같이 헤엄치다가
바다 위에 떠 있는 것이
얼마나 힘든지 헤아릴 때
비로소 한숨을 함께 몰아쉴 수 있습니다.

위로는 구명보트가 아닙니다.
그저 함께 바다 위에 떠 있는
조난자가 되는 일입니다.

말의 따뜻함과
차가움의 간극

누군가는 어떤 그림이 따뜻하다고 합니다. 같은 그림을 보고 누군가는 차갑다고 말합니다. 작가는 이 그림에 '차가움'이라는 이름을 붙였습니다. 작가의 의도와 관객의 느낌이 다를 경우, 심리학자는 '푼크툼(Punctum)'이 발생했다고 합니다.

누군가는 내 말이 따뜻하다고 했습니다. 그런데 같은 말을 듣고 누군가가 차갑다고 했습니다. 나는 그저 친절하게 전했다고 생각했는데, 내 의도와 듣는 사람의 느낌이 달랐다면 그 역시 푼크툼이 일어난 것이겠죠.

그의 잘못도 내 잘못도 아닙니다. 그럼에도 다음에는 더 잘 말하겠습니다. 더 친절하게.

말 앞에서
가져야 할 태도

꽃 같은 말 한마디를 하려면, 금 같은 말 한 문장을 남기려면, 꽃을 피우는 정원사의 노력과 금을 제련하는 장인의 기술이 필요합니다.

숙련된 대장장이의 담금질로 날 선 병기가 만들어집니다. 그 손의 굳은살과 손톱 사이에 배인 녹(綠)이 그 경험을 증명합니다.

적확한 단어의 선택, 군더더기 없는 단어의 배열, 밀도 높은 문장 구성, 문채(文彩)에 배어나는 성품까지.

어느 것 하나 허투루 할 수 없습니다.

말, 제발 그냥 하지 마세요.

말할 거리를
모으는 사람

글을 전문적으로 쓰는 사람을 우리는 '작가'라고 부릅니다. 그렇다면 말을 전문적으로 하는 사람은 무엇이라 부를 수 있을까요? 딱히 모두가 동의하는 이름이 없다는 것은 말이 전문가의 영역이 아니라 모두의 도구라는 뜻이겠지요.

그럼에도 말을 잘하고 싶어 애쓰는 사람은 늘 '말할 거리'를 모읍니다. 단어도 좋고, 문장도 좋고, 소재도 좋습니다. 가끔은 한 장면의 이미지도 필요합니다.

말의 깊이를 배우는 시간

표현은 인간의 본능입니다. 그 본능을 가장 손쉽게 드러내는 방법이 바로 '말'입니다. 글은 배워도 말은 배우지 않는 시대입니다. 그래서일까요? 말하기는 종종 오해를 낳고 말 한마디가 관계를 흔들기도 합니다. 말하기는 글쓰기보다 더 많은 성찰과 훈련이 필요한 일입니다.

말 뒤에 숨은 얼굴들이 있습니다.
거짓은 진심을 덮습니다.
가식은 본성을 덮습니다.
의심은 믿음을 덮습니다.
이 모든 장면의 배후에는
언제나 '말'이 있습니다.

소박함이 주는 위로

사람은 화려한 것을 꿈꾸지만
대부분은 소박한 곳에 정착합니다.

사람은 화려한 문장에 잠시 마음을 빼앗기지만
대부분은 소박한 말 한마디에 위로받습니다.

당신의 어제를 위로하고
내일의 당신을 응원합니다.

4장

말묵

말을 멈추면
마음이 들리므로

말묵 1

진정한 말묵(-黙)은
침묵의 시간이 아닌
내면을 성찰하는 시간입니다.

입을 닫은 고요함이
마음 거울을 선명하게 비추고
몰랐던 나를 마주하게 합니다.

말묵은 말을 아끼는 것을 넘어
세상의 소리를 품어내는
나를 발견하는 시간입니다.

말묵 2

말이 앞서가면
상대의 마음을 놓칠 때가 많습니다.
말묵은 그 놓침을 멈추는 지혜입니다.
내가 잠시 멈추면
상대는 숨을 고르고
관계는 상처 없이 이어집니다.

말한테
잡아먹히지 않으려면

내가 말을 부리는 것이 아니라
말이 나를 부릴 때가 있어요.
내가 무슨 말을 했는지,
내가 왜 이런 말을 했는지,
어떻게 그런 말이 흘러나왔는지
스스로도 모를 경우가 있지요.
이때가 말이 나를 부리는 순간이에요.

그럴 때는 각별히 조심해야 해요.
말을 따라가다 보면 낭떠러지로 떨어져요.
입을 닫고 멈춰야 해요.
말은 살아 있어요.
기분과 속도를 가진 생물처럼
언제든 나를 등에 싣고 달릴 수 있는 놈이에요.

침묵이 필요할 때

침묵이 약이 되는 순간에도
우리는 자꾸 말을 선택합니다.
말못은 침묵이 이길 상황에서
내가 입을 연 순간 시작됩니다.
말하지 않아야 할 때가
말꽃보다 더 중요합니다.
말의 침묵인
말묵이 필요할 때입니다.

공감은
마음을 맞추는 일

공감의 말은

연민의 마음과는 조금 다릅니다.

공감의 말은

동정의 생각과도 조금 다릅니다.

공감의 말은

긍휼의 마음과도 조금 다릅니다.

공감의 말이란

그 사람과 같은 마음, 같은 감정이 되는 것입니다.

거울처럼 그 마음을 그대로 비출 때

비로소 위로를 줍니다.

기억에 남는 말

무슨 말을 했는가보다 어떻게 말했느냐가
만남 이후에 내 평판을 좌우합니다.
멋진 말도 중요하지만
겸손하게, 다정하게, 친절하게 말하는 것이
더 오래 남습니다.

멋진 말은 기록하고 싶지만
겸손한 말은 기억하고 싶습니다.

말의 고향은
침묵입니다

말은 침묵에서 나오고,
다시 침묵으로 돌아갑니다.
생각이 가득 차면 그 생각이 넘쳐
적절하지 못한 말이 흘러나옵니다.
진정한 말은 침묵에서 태어납니다.
의미 있는 대화는 고요 속에서
준비된 마음 위에 쌓입니다.
생각이 복잡하다면,
잠시 침묵으로 생각을 덜어내십시오.
침묵은 생각을 정돈합니다.

침묵은
말의 집입니다

하루는 젊은 수행자가 스승을 찾아왔습니다. 그러곤 가르침을 받기 위해 조용히 무릎을 꿇고 앉았습니다. 스승은 한참 동안 아무 말도 하지 않다가 문득 찻잔에 차를 따르기 시작했습니다. 잔이 가득 차 넘치는데도 스승은 계속해서 차를 따랐습니다. 젊은 수행자가 놀라며 말했습니다.

"스승님, 잔이 이미 가득 차서 넘칩니다. 더 이상 담을 수 없습니다. 그만 따르시지요."

스승이 미소를 지으며 말했습니다.

"자네의 마음도 이 잔과 같네. 이미 생각과 말로 가득 찼으니 내가 아무리 진리를 가르쳐도 넘쳐버릴 걸세. 먼저 침묵으로 자네 잔을 비우고 오게나."

침묵이 일할 때

침묵이 일하게 내버려두십시오.

도저히 말할 수 없는 상황이라면

억지로 말하려 하지 마십시오.

사랑한다고 말해도

사랑이 전혀 느껴지지 않을 때가 있습니다.

사과한다고 말해도

결코 용서받지 못할 때가 있습니다.

그럴 땐 차라리 가만히 계십시오.

침묵의 힘을 믿어보십시오.

말보다 침묵이 더 크게 일하는 순간이

분명히 있습니다.

말의 오묘함

말은 양파처럼 까도 까도 자꾸 나와요. 말은 사과처럼 껍질과 속살이 달라요. 말은 포도처럼 한 문장에 여러 단어가 달려 있고, 말은 수박처럼 뱉어내고 싶은 씨도 품고 있어요.

말은 오이처럼 겉은 매끈해 보여도 다듬지 않으면 가시 같지 않은 가시에 찔려요. 말은 바나나처럼 내가 버린 껍질에 미끄러질 때도 있고, 말은 딸기처럼 떼어 내야 하는 꼭지도 있어요. 말은 멜론처럼 익으면 부드럽고 덜 익으면 딱딱해요.

말은 망고처럼 예상 못 한 커다란 씨 하나를 숨기고 있어요. 말은 달걀처럼 쉽게 깨지고, 한 번 쏟아지면 다시 담을 수 없어요. 말은 커피처럼 검고 쓰지만 중독성이 있어요. 말은 녹차처럼 시간이 지나면 진하게 우러나요. 그리고 말은 식탐처럼 정말 참기 힘들어요.

말 바람,
말 비, 말 폭우

불현듯 닥치는 폭풍우처럼
말 비도 그럴 때가 있습니다.

감정 태풍이 마음을 뒤흔들고
분노의 말 바람이 뿌리마저 뽑으려 할 때
비 피해 잠시 머물 곳을 찾아 입을 다뭅니다.
묵직한 고요가 말 폭우를 집어삼킵니다.

말묵, 때로는 묵직한 말,
침묵도 고상한 언어입니다.

말이 멈추는 자리

제게 가장 소중한 시간은
말하지 않아도 되는 때입니다.

그런데 우리는 말하지 않아도 되는 시간조차
말하려고 안간힘을 씁니다.

때로는 말을 잠시 꺼둬도 좋습니다.
하나님은 우리에게 혀를 멈추고,
입을 닫는 기능을 선물하셨습니다.

말의 수위

관심에는 수위 조절이 필요합니다.
상대가 부담스럽게 느낀다면
그 관심은 다정이 아니라 폭력이 됩니다.

노력에도 수위 조절이 필요합니다.
내가 버겁게 느껴진다면
그 노력은 성장보다 자학에 가깝습니다.

말하기도 그렇습니다.
너무 크지도, 너무 작지도 않으며
나도 숨쉬기 편안하고,
상대도 편안하게 숨 쉴 수 있는 지점.
그곳이 말의 적당한 수위입니다.

말과 글의 차이

글은 내놓은 뒤
고칠수록 완전해지고,
말은 내놓기 전에
고민할수록 다듬어집니다.

날씬한 말

내 말이 나도 모르게 뚱뚱해졌어요.
불필요한 단어를 걸어내고,
겹친 감정을 덜어내
뾰족한 가시를 부드럽게 다듬어야겠어요.
내 말이 날씬해지면 좋겠어요.

마음의 고향

침묵은 말의 고향입니다.
말은 침묵에서 태어나
침묵을 그리워하다
가끔 그 품으로 돌아가 머뭅니다.
침묵은 결코 고요하지 않습니다.
그 안에는 수많은 말의 씨앗이 자랍니다.

잠깐의 방심

넘어짐은 대부분
그 순간 바로 앞의
아주 짧은 방심에서 비롯됩니다.

말이 흔들리는 것도
대부분 그 직전
순간의 딴생각 때문입니다.

새로운 말은
새로운 감동을 만듭니다

제가 만난 한 제빵제과사는 연탄 식빵, 벽돌 식빵, 화분 식빵의 원조입니다. 처음에 보면 조각 작품 혹은 장식품 같지만, 검은 연탄을 부수는 순간 슈크림이 들어간 부드러운 식빵이 모습을 드러내고, 설령 연탄이라도 계속 먹고 싶을 만큼 감칠맛이 일품입니다. 연탄 식빵에는 인절미 크림이 숨어 있습니다. 어떻게 이런 빵을 만들었냐고 물었습니다.

"세상에 없는 빵을 만들고 싶었어요. 신기한 모양에, 이미 먹던 맛이 아닌 새로운 맛으로 감동을 드리고 싶었죠. 조리법도 공유했는데, 사람들이 따라 하는 게 뿌듯해요."

진정한 제빵 장인의 말입니다.

진정한 말 장인도 그렇습니다.

세상에 없는 문장을 만들고,

흔하게 듣던 말이 아닌 처음 듣는 말을 건넬 때

상대가 받는 감동은 더 오래 남습니다.

그리고 그 말을 누군가 따라 하면

말 장인에게도 큰 기쁨이겠지요.

새로운 문장은 늘 새로운 감동을 불러옵니다.

말묵 3

말이 많아지는 순간,
감정의 물결이 잔잔한 생각을 덮칩니다.
말이 줄어드는 순간,
비로소 마음의 창으로 지혜가 스며듭니다.
고요한 침묵은
억눌린 멈춤이 아니라
내면 깊은 곳에서
활짝 피어나는 여유입니다.
깊은 영혼을 가진 사람은
지금 해야 할 말보다
먼저 삼켜야 할 말을
고요히 헤아립니다.

말묵, 당신의 영혼을 맑게 합니다.

조용한 사람의 힘

말이 많은 사람은 행동이 적고,
행동이 많은 사람은 말이 적습니다.

진짜 실천하는 사람은 떠들지 않습니다.
조용히, 묵묵히, 그러나 누구보다 단단하게
자신의 길을 걸어갑니다.

위로가 순환하는 순간

그의 말이 내게 위로가 되는 순간
그가 내 아픔을 알고 있구나, 싶었습니다.

내가 고맙다고 말하는 순간
그의 아픔이 보였습니다.

그리고 깨달았습니다.
굳이 그를 위로할 필요는 없었다는 것을.

그는 나를 위로하면서
이미 자신도 위로받고 있었던 모양입니다.

내가 누군가를 위로하면
실은 내가 가장 먼저 위로받습니다.

위로

나를 깊은 말로 위로하는 사람은
말로 깊은 위로를 받아본 사람입니다.

말 앞에서 멈추다

말의 무게를 알기에
그냥, 말하지 않겠습니다.
무심코 던진 말 한마디에
당신이 나를 어림짐작할까 두렵습니다.
나도 모르게 내가 드러날 테니까요.
당신의 귀를 지나 마음에 다다를 때까지,
말 한마디부터 끝까지, 조심하겠습니다.

가장 쉬운 선행,
다정한 말

매일 같은 노력을 이어간다는 것은 쉽지 않습니다.
몸매를 위해 매일 운동을 반복하는 것도
건강을 위해 매일 좋은 음식을 챙겨 먹는 것도
정서를 위해 매일 좋은 음악을 듣는 것도
지식을 위해 매일 좋은 책을 읽는 것도
모두 어렵고 금세 포기하기 쉽습니다.

하지만 타인을 위해
매일 좋은 말을 들려주는 일은
그나마 제법 해볼 만한 시도입니다.

내가 남을 위해 할 수 있는
가장 쉬운 일은
다정한 말을 하는 겁니다.

입 밖으로 말하기 전의
세 가지 필터

"그 이야기가 진실인가요?"

"그 이야기가 좋은 건가요?"

"그 이야기가 쓸모 있습니까?"

"만약 진실도 아니고, 좋은 것도 아니고, 쓸모도 없으면 도대체 왜 그 이야기를 하려는 건지요?"

소크라테스는 자기 친구에 대해 할 말이 있다며 찾아온 사람에게 이렇게 되물었습니다. 말하기 전에 스스로 걸러낼 수 있는 아주 훌륭한 '필터 질문'입니다.

"같은 이야기를 부모님께도 할 수 있습니까?"

"같은 이야기를 자녀에게도 할 수 있습니까?"

"같은 이야기를 방송에서도 할 수 있습니까?"

부모, 자녀, 방송에서도 말할 수 없다면
굳이 상대방에게도 말할 필요는 없습니다.

표류하지 않는 말

말이 갈 곳을 모르고
표류해서는 안 됩니다.
엉뚱한 항구에 닿으면
괜한 오해를 부를 뿐입니다.

말은 가고자 하는 항구와
그 목적이 분명해야 합니다.
그래야 오해도 없고, 상처도 없고,
불만도 생기지 않습니다.

때때로
진심 어린 말은 표류하는 다른 말의
등대가 되기도 합니다.

말의 잔향

늘 곁에 있을 것 같던 사람도
언젠가는 내 옆을 떠나기 마련입니다.

그 사람이 멀리 떠나도
내 곁에 가장 오래 남는 것은
바로 그의 말입니다.

말은 기억 속에서
좀처럼 자취를 감추지 않습니다.

소란스러운 혀와
조용한 손

혀가 바쁩니까, 손이 바쁩니까?

《이솝우화》에서 혀가 손에게 물었습니다.

"나 없이 네가 한 일 중에 위대한 것이 있었던가?"

손이 대답했습니다.

"너의 잘못된 말은 수많은 전쟁과 파괴를 일으켰지.

그 뒷수습을 하느라 내가 얼마나 힘들었는지 알아?"

사람들은 말보다

손의 행동을 더 신뢰합니다.

그럼에도 우리는

늘 손보다 말을 앞세웁니다.

말로만 떠드는 사람의 손은

할 일이 없거나 수습하느라 바쁩니다.

그릇을 비우는 지혜

옛날 동양의 한 스승에게 많은 제자가 배움을 청하러 모였습니다. 스승은 그들에게 질문을 던지며 누구한테 가르침을 줄지 살폈지요.

한 제자가 손을 들고 자신의 지식을 뽐내듯 대답했습니다. 다른 제자는 끊임없이 자기 생각을 주장했습니다. 또 다른 제자는 조용히 스승의 말에 집중하며 듣기만 했습니다.

다음 날, 스승은 그 조용한 제자를 불러 따로 가르침을 주었습니다. 이 사실을 안 다른 제자들이 항의하자, 스승은 이렇게 답했습니다.

"자기 말로 꽉 찬 그릇에는 더 이상 아무것도 담을 수 없다. 잘 듣는 자는 그릇을 비워 지혜를 담을 준비가 된 것이다."

가시와 꽃

마음 깊이 자리 잡은 가시는
감정이 생길 때마다 나를 찌릅니다.
기억의 골짜기에 핀 꽃은
바람에 흔들릴 때마다 나를 위로합니다.
그 가시도, 그 꽃도
당신의 말이 남긴 씨앗이었습니다.

기록되는 말

당신의 말이 누군가의 인생에 기록됩니다.
당신의 말은 오늘 타인의 삶에 한 줄을 남겼습니다.

누군가의 삶에서는 스쳐 지나갔고,
또 누군가의 마음에서는 씨앗이 되었습니다.

당신은 잊었지만,
누군가에겐 열매가 되었습니다.

당신이 말 한마디로 도운 인생이
수천수만입니다.

당신을 살린 말 한마디가
그만큼 많았듯이요.

말이 돌아오는 자리

나는 집을 떠나 집으로 돌아옵니다.
나의 말도 나를 떠나 결국 나에게 돌아옵니다.

내가 던진 위로의 말은
돌고 돌아와 어느 날 나를 쓰다듬고
내가 내뱉은 상처의 말은
돌고 돌아와 결국 나를 찌릅니다.

말의 결과는
그 말을 만든 내 책임입니다.

한 그루 나무 같은 말

나의 말이
당신에게
한 그루 나무이기를 빕니다.

그늘이 되어드리고
열매가 되어드리고
머물 수 있는
영원한 안식처가 되겠습니다.

말은
먼저 나에게 닿는다

내 말을 가장 먼저 듣는 사람은
바로 나 자신입니다.

내 말의 속뜻을 가장 잘 아는 이도
바로 내 마음입니다.
내가 건넨 말이
나를 가장 먼저 위로하고,
내가 내뱉은 상처의 말은
나를 가장 먼저 찌릅니다.

말하지 않아도
닿는 마음

중환자실에 입원한 말기 암 환자가 있었습니다. 가족도 오지 않고, 말을 거의 하지 않아 누구도 그 사람의 상황을 알 수 없었습니다. 그런데 한 간호사가 환자의 병실에 들어갈 때마다 조용히 곁에 앉아 있곤 했습니다. 종종 따뜻한 물수건으로 손을 닦아주며 미소지을 뿐 말도 걸지 않았습니다.

어느 날, 암 환자가 간호사의 손을 꼭 잡으며 말했습니다.

"선생님에게 내가 가장 많은 위로를 받았습니다."

말하지 않는 시간 속에서도 깊은 대화는 존재합니다. 간호사는 환자의 침묵 아래 덮여 있는 슬픔과 두려움을 들었습니다. 말하지 않아도 누군가 내 마음을 들으려 하는 것. 그게 얼마나 큰 위로인지 우리는 압

니다. 소통은 말의 기술이 아니라, 두 마음이 닿아 있
는 상태입니다.

때로는 아무 말 하지 않아도 들립니다.
또 하나의 소통은 '말의 부재' 속에서
서로의 마음을 듣는 것입니다.

때로, 존재는
부재가 드러냅니다.

씨앗의 결정

내 말의 씨앗은 타인의 마음에서 자랍니다.

때로는 미담이 되고, 가끔 험담이 되기도 합니다.

사실은…… 가끔 미담이 되고, 대부분 험담입니다.

내 말은 내 몫

내가 낸 화가,

내가 뱉은 욕이,

내가 준 수치가

그 사람 마음에 오래 남아 있다면

그건 온전히 내 잘못입니다.

내가 싼 똥을 그 사람 집에 선물처럼 보냈네요.

얼른 그 집에 가서 사과하고 가져와야죠.

내 말은 나의 몫입니다.

미소 뒤의 무기

누구의 입술 아래엔 칼이 숨어 있습니다.

누구의 혀 밑엔 독화살이 있습니다.

누구의 숨 끝엔 악취가 머뭅니다.

누구의 마음 깊은 곳엔

날 선 도끼가 도사립니다.

그 모든 것을 잘 감추고

웃으며 사는 사람이 군자입니다.

뒷담화의 역감염

　뒷담화는 마치 바이러스와 같습니다. 처음엔 한 사람의 속삭임에서 시작합니다. 바이러스처럼 은밀하게 전파됩니다. 듣는 이들은 최초 감염자의 말과 감정을 그대로 흡수하고, 그 말은 다시 입에서 입으로 대화를 통해 번져가고, 사람들이 모인 곳마다 작고 보이지 않는 소문으로 확산합니다. 마치 바이러스가 일하듯 서로의 신뢰를 파괴하고, 마음의 경계를 무너뜨리며, 관계의 균열을 가져옵니다. 어느 순간 그 말은 원래의 맥락과 달라지고, 확장되어 더 큰 상처와 오해를 남기고, 공동체 모두에게 전염됩니다. 결국 최초 균주(菌株)의 귀로 돌아온 바이러스는 그의 마음에 깊은 상처로 남습니다. 그래도 뒷담화가 달콤하다고요? 참기름을 등에 지고 불구덩이에 뛰어드시죠.

금빛 침묵

글도, 말도 숙성할 시간이 필요합니다.
글은 써놓고 천천히 숙성시킬 수 있지만,
말은 해버리고 나면 그만입니다.
그러니 말은 꺼내기 전에
생각 속에서 시간을 채워야 합니다.
그러지 않으면
하지 않은 것만 못할 때가 있습니다.

쉿!
그래서 때로는
침묵이 금입니다.

무심코 던진 말의 대가

한 청년이 면접을 보러 갔습니다. 첫 대면에서 그는 무심코 이렇게 말했습니다.

"사실 이 회사가 1순위는 아니었습니다만……." 그러곤 급히 덧붙였습니다. "면접을 준비하면서 이 회사가 제 평생직장이라는 걸 깨달았습니다."

면접관들은 아무 말 없이 고개를 끄덕였지만, 그 청년은 결국 탈락했습니다.

며칠 후, 지인을 통해 들은 말은 이랬습니다.

"너의 그 짧은 첫마디가 회사에 대한 진정성이 부족하다는 인상을 남긴 것 같아."

그 뒤에 아무리 좋은 말을 했어도 첫인상을 지우지 못했다는 것입니다. 청년은 말했습니다.

"그때 무심코 던진 첫마디가 제 진심을 왜곡했고, 그 한마디가 제 미래의 문 하나를 닫아버렸습니다."

당신의 말은
누구를 향해 펼쳐지나요

우산을 함께 써본 적 있나요? 그때 당신은 남이 안 젖게 하는 편인가요, 아니면 자신이 안 젖게 하는 편인가요?

한 번도 생각해 본 적이 없다면 분명 당신이 안 젖게 하는 편일 거예요. 그게 본능이니까요.

말도 우산과 같아요. 함께 쓰는 것인데, 남이 상처받지 않게 조심해서 말하는 편인지, 아니면 자신이 불편하지 않게 하는 편인지 생각해 보세요.

한 번도 생각해 본 적이 없다면 아마 신경 쓰지 않고 말하는 편일 거예요.

내가 받은 경험

배려의 말은

내가 받은 배려를 원료로 만들고

위로의 말은

내가 받은 상처를 재료로 만듭니다.

쉼이 만드는 말

음절과 음절 사이에는 0.01초,

단어와 단어 사이에는 0.03초,

어절과 어절 사이에는 0.05초,

문장과 문장 사이에는 0.1초,

문단과 문단 사이에는 1초의 쉼이 필요합니다.

그 짧은 쉼의 시간에

저는 숨을 불어넣습니다.

그 숨이 여백이 되어

내 마음의 진정성을 품고,

그 사람 마음에 날아가도록.

저는 절대로

그냥 말하지 않습니다.

미담은 알리고
뒷담화는 끊으세요

미담은 시간이 갈수록
희미해져만 갑니다.

뒷담화는 세월이 지나도
유독 선명하게 남습니다.

그래서 미담은
희미해지지 않도록 널리 알리고
뒷담화는
애써 모르는 척하며 짓밟아야 합니다.

대화의 물결을 타는 법

대화의 바다에서 말은 물결을 일으킵니다.
나도, 상대방도 그 물결을 타야 합니다.
상대방이 갑작스러운 파도로 느끼면
물벼락을 뒤집어쓰고 어리둥절해질 수 있습니다.

말이 일으키는 물결도
파도만큼 거칠 때가 있습니다.
특히 내가 만든 물결에 올라타지 못하면,
나는 대화의 바다에서 허우적거리게 됩니다.

적어도 스스로 일으킨 물결은 알아야 합니다.
그래야 대화의 실마리가 풀립니다.

말 그릇을 비우다

소통이라는 식탁 위에

말 그릇을 올려놓았습니다.

깜짝 놀랐습니다.

설익은 내 생각이

그 그릇 안에서 꿈틀거리고 있었습니다.

급히 감정을 덮어보았지만

감정마저 색깔이 변했습니다.

결국 말 그릇을 비웠습니다.

그제야 마음이 놓였습니다.

말하기가 어려운 이유

'사랑'이라 쓰고

무엇이냐고 물었습니다.

기쁨, 결혼, 마음, 아픔, 자식, 감정, 그리움.

사람마다 다른 답을 말합니다.

같은 언어를 쓰지만

같은 단어를 다르게 듣습니다.

그래서 말하기는 어렵습니다.

저마다 마음속에

다른 사전을 갖고 있기 때문입니다.

저마다의 인생이

각자의 마음 사전을 편찬해 왔기 때문입니다.

말 폭탄을 내려놓는 법

말 폭탄을 받았다고
그대로 되돌려주지 마세요.
언어의 폭탄 돌리기는
'폭탄이 그에게 있을 때 터질 것'이라는
엉뚱한 믿음으로 받아치는 것이죠.
설령 그 폭탄이 그의 손에서 터진다 해도
결국은 나도 함께 다쳐요.

말이 멈추고
행동이 빛날 때

나폴레옹이 전쟁터를 지날 때, 한 병사가 다가와 큰 소리로 외쳤습니다.

"장군님! 저는 누구보다 용감하게 싸울 것입니다. 저를 믿어주십시오. 저는 누구보다 훈련을 열심히 했기에 누구보다 잘 싸울 자신이 있습니다."

나폴레옹은 그를 바라보며 단호히 말했습니다.

"제발 조용히 하게나. 진짜 용사는 말이 아니라, 행동으로 보여주는 법이네. 가서 잠자코 자네의 용기를 보여주게."

그는 말 대신 묵묵히 행동으로 증명했고, 훗날 전장에서 가장 용맹한 병사로 기억됐습니다.

우리는 종종 다짐하고, 약속하고, 계획한 것을 먼저 말로 표현합니다. 하지만 진짜 변화는 조용히, 실제로 움직이는 사람을 통해 일어납니다. 먼저 행동하고 말한다면, 말의 무게가 행동을 빛나게 할 겁니다. 설령 말하지 않아도 그 실천은 이미 충분한 가치가 있습니다. 때로는 행동만큼 강렬한 한마디 말도 있습니다.

참아야
지켜지는 것들

내 이야기, 내 업적, 내 노력, 내 자랑,
내 인맥, 내 직업, 내 돈, 내 자식,
내 얼굴, 내 머리…….
말하고 싶은 것은 참 많습니다.

하지만 그 말을 내가 참지 못한다면
사람들이 날 참지 못하게 될 날이 곧 옵니다.

말을 멈추면
보이는 것들

말실수를 자주 한다면
침묵이 가장 확실한 답입니다.
물어볼 때만 짧게 답하십시오.
듣기만 해도 대화에는
충분히 선수가 될 수 있습니다.
뻔한 얘기 같지만
늘 정답입니다.

말을 줄이기로 한 이유

제 걱정의 대부분은
제가 한 말에서 시작합니다.

제가 한 말이 그 사람을
불편하게 했을까 봐 걱정합니다.
그 말이 그 사람의
평생을 괴롭힐까 봐 근심합니다.
그 말이 그 사람의
용기를 꺾었을까 봐 염려합니다.

제가 할 수 있는 일은
말을 조금 더 줄여야겠다고
다짐하는 것뿐입니다.

대화의 1인분

가끔 지하철에서 두 사람의 대화를 듣곤 해요.
그중 한 사람이 일방적으로 말할 때가 있어요.
고개를 끄덕이며
계속 듣기만 하는 상대가 안쓰러워
"이제 저 사람하고 놀지 마세요"라고
말해주고 싶을 때도 있어요.

말하는 쪽은 자신만 얘기하고 있다는 사실조차
전혀 느끼지 못하는 것 같아요.
제발 혼자만 말하지 마세요.
아무리 말하고 싶어도 1인분만 하세요.
사람이 많으면 많을수록 더더욱 1인분만.

말꽃

1판 1쇄 발행 2026년 1월 29일 | **1판 2쇄 발행** 2026년 2월 20일 | **지은이** 김재원 | **발행인** 허윤형 | **독자 에디터** 김경애 김소연 김은아 김한나 김혜진 송지연 이경희 정양숙 조은아 천유 | **펴낸곳** 달먹는토끼 | **주소** 서울 마포구 성지길 25-11(합정동, 오구빌딩) | **전화** 02 334 0173 | **팩스** 02 334 0174 | **홈페이지** www.hwangsobooks.co.kr | **인스타** @hwangsomediagroup | **등록** 2009년 3월 20일(신고번호 제 313-2009-54호) | **ISBN** 979-11-996420-0-3(03810)
@2026 김재원